작가 이효석 대표 산문집

낙엽을 태우면서

일러두기

이 산문집에 실린 글들은 이효석문학재단에서 2016년에 펴낸 이효석전집을 저본으로 삼았다.

이 산문집의 현대어 표기는 원문 표현의 어감을 가급적 살리는 방향을 취하고 있으며, 이에 따라 현행 한글 맞춤법 규정을 따르지 않은 곳들이 있을 수 있다.

이효석 자신의 독특한 표현이나 당대의 사투리 표현은 그 효과를 가급적 살리는 방향으로 교정, 교열하였다.

이 산문집의 저본이 된 이효석전집의 주요 현대역 원칙은 다음과 같다.

1. 사투리와 작가 고유의 어휘는 가급적 존중하였고 맞춤법과 띄어쓰기만 현행 규정에 따라 바로잡았다.

1. 소설 작품 속의 대화 부분은 원전을 거의 존중하였다. 서술문에서는 사투리를 가급적 표준말로 바꾸었다.

1. 의미가 모호한 대목도 그 뜻을 짐작할 수 있는 경우에는 고치지 않고 그대로 두었다.

1. 원전의 한자는 한글로 전환했고, 의미소통에 필요한 경우 괄호 속에 남겨 두었으며, 드물게는 원전에 없는 한자를 추가하기도 했다.

작가 이효석
대표 산문집

이효석 지음·방민호 편

낙엽을 태우면서

예옥

시대를 앞서 간 아름다운 영혼
—작가 이효석의 새 수필집을 엮으며

아주 오랜만에 작가 이효석의 아름다운 수필들을 모아 새로운 책으로 펴냅니다. 책 이름은 이효석의 대표작 중의 대표작인 「낙엽을 태우면서」로 정했습니다. 누가 뭐라 해도 이 글만큼 이효석의 문학정신을 그렇게 압축적으로 드러낼 수는 없을 것입니다.

이 책은 작가 이효석의 영혼의 '지도'를 넷으로 나누어 보여드리고 있습니다.

제1부는 낙엽과 길과 꽃을 사랑한 작가 이효석의 아름다운 문장 세계입니다. 일제 강점기에 이효석은 우리말을 가장 아름답고 세련되게 가꾸어 놓은 사람입니다. 어둡고 우울하기 쉬운 그 시대에

이효석은 맑고 깨끗하고 화사하고 세련된 언어의 성채를 쌓아 올렸습니다. 그가 없었다면 우리는 그 시대를 부정적인 느낌의 언어들로써만 기억하고 있을지 모릅니다.

제2부는 평창에서 서울로, 함경북도 경성으로, 또 평양으로, 하얼빈으로 나아간 작가 이효석의 사색의 언어들을 담았습니다. 그는 한 곳에 머무르지 않는 사람이었고, 서울과 지방, 중앙과 변방이라는 이분법적 위계의 의식을 뛰어넘은 사람이었습니다. 그는 자신이 몸과 마음을 기대어 살아가는 세계를 감각적인 언어, 정서적인 표현으로 '완전히' 자기 것으로 만든 사람이었습니다.

제3부는 작가 이효석이 자신의 생활, 그 일상의 세계를 살아가며 느끼고 생각한, 그 마음의 풍경을 담은 글들입니다. 이효석은 세속적인 가치와 상식화된 규범들에 대해 깊은 위화감을 품고 묵묵히 자신의 삶을 지켜 갔습니다. 그는 자신만의 진실을 깊이 간직하고 세상 일들을 담담하게 대했

습니다. 그러나 그 담담함 이면에는 일제 강점기 체제에 대한 저항감과 의구심이 자리잡고 있었습니다.

이제 제4부는, 작가 이효석이 문학인으로서 자신의 삶과 문학을, 당대의 현실과 한국문학의 상황을 어떻게 생각하고 있었는지 보여줍니다. 이효석은 불과 서른다섯 살의 나이로 운명할 때까지 실로 쉬지 않고 글을 쓴 사람이었습니다. 이렇게 순수한 문학의 불꽃을 피워올린 사람은 그의 시대에 이상과 같은 경우를 제외하면 찾아볼 수 없습니다. 이효석은 산소 불꽃 같은 문학인이었습니다.

무엇보다, 저는 여러분이 이 책을 통하여 이효석의 정신의 결정체를 맛보실 것이라고 생각합니다.

아름다움을 향한 종교적인 믿음과 열정, 인간 개체의 선택과 취향에 대한 절대적인 옹호, 세속적이고 위선적인 가치와 엄격히 거리를 두는 자유 의지, 그리고 우리의 존재의 토대를 이루는 우리말에 대한 한없는 사랑.

이효석의 산문 세계는 우리에게 어려운 시대를 짧고도 강렬하게 살아간 한 작가의 순수한 영혼을 경험하게 합니다. 낙엽을 태우며 원두 커피향을 '감각하던' 그는 정녕 시대를 앞서 간 영혼이었습니다.

이효석 수필집 『사랑하는 까닭에』를 펴낸 것이 2007년이었습니다. 2007년은 1907년에 출생한 이효석 탄생 100주년이 되는 해였습니다.

그해에 이효석 전집을 처음부터 끝까지 읽고, 새 눈을 떴습니다. 이효석은 물론 아름다운 단편 「메밀꽃 필 무렵」의 작가이지만, 그것만은 아니었습니다. 저는 이효석의 단편 「풀잎」에, 「산」에, 「들」에 매료되었습니다. 그리고 그가 남긴 산문들, 구슬 같고 진주 같고 이슬 같은 문장들에 빠져 들었습니다.

이것이 제가 이효석 수필집 『사랑하는 까닭에』를 펴낸 이유입니다. 그런데 그후 중요한 일이 있었습니다. 이효석 작가의 아드님 이우현 선생께서 아버지의 모든 글을 모아 새 전집을 펴내신 것입니다. 서울대학교 출판부에서 펴낸 이 전집은 이효석 문학을 거의 완벽하다 할 정도로 잘 갈무리해 놓은 것입니다. 당연히 많은 이들이 함께 이 작업을 도왔고 그렇게 해서 소설과 산문에서 이효석 문학은 그 용적이 아주 넓고 깊어졌습니다.

이 책은 그러므로 이효석 문학의 새로운 발견을 위해 노력하신 이우현 선생과 많은 분들의 수고에 빚지고 있습니다. 새로운 전집 판본을 이 책의 텍스트 자료로 삼아 이 분들의 수고로움에 감사의 마음을 표현하고자 합니다.

2024년 6월 10일
방민호

제2부

그는 한곳에 머물러 있지 않았네

제3부

그 사람, 마음 풍경의 무늬들

제4부

그토록 아름답고 짧은 삶이었으니

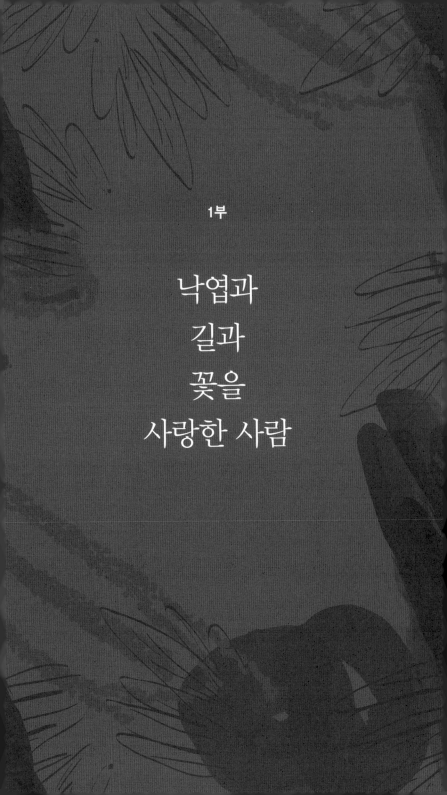

1부

낙엽과
길과
꽃을
사랑한 사람

낙엽을 태우면서

가을이 깊어지면 나는 거의 매일과 같이 뜰의 낙엽을 긁어모으지 않으면 안 된다. 날마다 하는 일이언만 낙엽은 어느덧 날으고 떨어져서 또다시 쌓이는 것이다. 낙엽이란 참으로 이 세상의 사람의 수효보다도 많은가 보다. 30여 평에 차지 못하는 뜰이언만 날마다의 시중이 조련치 않다. 벗나무 능금나무―제일 귀치않은 것이 벽의 담쟁이다. 담쟁이란 여름 한철 벽을 온통 둘러싸고 지붕과 연돌의 붉은 빛만을 남기고 집안을 통째로 초록의 세상으로 변해 줄 때가 아름다운 것이지 잎을 다 떨어뜨리고 앙상하게 드러난 벽에 메마른 줄기를 그물같이 둘러칠 때쯤에는 벌써 다시 지릅떠볼 값조차 없는 것이다. 귀치않은 것이 그 낙엽이다. 가

령 벚나무 잎같이 신선하게 단풍이 드는 것도 아
니요, 처음부터 칙칙한 색으로 물들어 재치 없는
그 넓은 잎이 기름길 위에 떨어져 비라도 맞고 나
면 지저분하게 흙속에 묻혀지는 까닭에 아무래도
날아 떨어지는 족족 그 뒷시중을 해야 한다.

벚나무 아래에 긁어모은 낙엽의 산더미를 모으
고 불을 붙이면 속에 것부터 푸슥푸슥 타기 시작
해서 가는 연기가 피어오르고 바람이나 없는 날이
면 그 연기가 얕게 드리워서 어느덧 뜰 안에 가득
히 담겨진다. 낙엽 타는 냄새같이 좋은 것이 있을
까. 가제 볶아낸 커피의 냄새가 난다. 잘 익은 개
금 냄새가 난다. 갈퀴를 손에 들고는 어느 때까지
든지 연기 속에 우뚝 서서 타서 흩어지는 낙엽의
산더미를 바라보며 향기로운 냄새를 맡고 있노라
면 별안간 맹렬한 생활의 의욕을 느끼게 된다. 연
기는 몸에 배서 어느 결엔지 옷자락과 손등에서도
냄새가 나게 된다. 나는 그 냄새를 한없이 사랑하
면서 즐거운 생활감에 잠겨서는 새삼스럽게 생활
의 제목을 진귀한 것으로 머릿속에 떠올린다. 음
영(陰影)과 윤택과 색채가 빈곤해지고 초록이 전혀

그 자취를 감추어버린, 꿈을 잃은 흰칠한 뜰 복판에 서서 꿈의 껍질인 낙엽을 태우면서 오로지 생활의 상념에 잠기는 것이다. 가난한 벌거숭이의 뜰은 벌써 꿈을 배기에는 적당하지 않은 탓일까. 화려한 초록의 기억은 참으로 멀리 까마아득하게 사라져 버렸다. 벌써 추억에 잠기고 감상에 젖어서는 안 된다. 가을이다. 가을은 생활의 시절이다. 나는 화단의 뒷자리를 깊게 파고 다 타버린 낙엽의 재를—죽어버린 꿈의 시체를—땅속 깊이 파묻고 엄연한 생활의 자세로 돌아서지 않으면 안 된다. 이야기 속의 소년같이 용감해지지 않으면 안 된다.

전에 없이 손수 목욕물을 긷고 혼자 불을 지피게 되는 것도 물론 이런 감격에서부터이다. 호스로 목욕통에 물을 대는 것도 즐겁거니와 고생스럽게 눈물을 흘리면서 조그만 아궁으로 나무를 태우는 것도 기쁘다. 어둠컴컴한 부엌에 웅크리고 앉아서 새빨갛게 피어오르는 불꽃을 어린아이의 감동을 가지고 바라본다. 어둠을 배경으로 하고 새빨갛게 타오르는 불은 그 무슨 신성하고 신령스런 물건 같다. 얼굴을 붉게 태우면서 긴장된 자세로 웅

크리고 있는 내 꼴은 흡사 그 귀중한 선물을 프로메테우스에게서 막 받았을 때의 그 태곳적 원시의 그것과 같을는지 모른다. 나는 새삼스럽게 마음속으로 불의 덕을 찬미하면서 신화 속 영웅에게 감사의 마음을 바친다. 좀 있으면 목욕실에는 자옥하게 김이 오른다. 안개 깊은 바다의 복판에 잠겼다는 듯이 동화의 감정으로 마음을 장식하면서 목욕물 속에 전신을 깊숙이 잠글 때 바로 천국에 있는 듯한 느낌이 난다. 지상 천국은 별다른 곳이 아니라, 늘 들어가는 집안의 목욕실이 바로 그것인 것이다. 사람은 물에서 나서 결국 물속에서 천국을 구하는 것이 아닐까.

물과 불과―이 두 가지 속에 생활은 요약된다. 시절의 의욕이 가장 강렬하게 나타나는 것은 이 두 가지에 있어서다. 어느 시절이나 다 같은 것이기는 하나 가을부터의 절기(節氣)가 가장 생활적인 까닭은 무엇보다도 이 두 가지의 원소의 즐거운 인상 위에 서기 때문이다. 난로는 새빨갛게 타야하고 화로의 숯불은 이글이글 피어야 하고 주전자의 물은 펄펄 끓어야 된다.

백화점 아래층에서 커피의 날을 찧어가지고는 그대로 가방 속에 넣어가지고 전차 속에서 진한 향기를 맡으면서 집으로 돌아온다. 그러는 그 내 모양을 어린애답다고 생각하면서 그 생각을 또 즐기면서 이것이 생활이라고 느끼는 것이다.

싸늘한 넓은 방에서 차를 마시면서 그제까지 생각하는 것이 생활의 생각이다. 벌써 쓸모 적어진 침대에는 더운 물통을 여러 개 넣을 궁리를 하고 방구석에는 올 겨울에도 또 크리스마스 트리를 세우고 색 전기로 장식할 것을 생각하고 눈이 오면 스키를 시작해볼까 하고 계획도 해보곤 한다. 이런 공연한 생각을 할 때만은 근심과 걱정도 어디론지 사라져 버린다. 책과 씨름하고 원고지 앞에서 궁싯거리던 그 같은 서재에서 개운한 마음으로 이런 생각에 잠기는 것은 참으로 유쾌한 일이다.

책상 앞에 붙은 채 별일 없으면서도 쉴 새 없이 궁싯거리고 생각하고 괴로워하고 하면서, 생활의 일이라면 촌음을 아끼고 가령 뜰을 정리하는 것도 소비적이니 비생산적이니 하고 멸시하던 것이 도리어 그런 생활적 사사(些事)에 창조적 생산적인 뜻을 발견하게 된 것은 대체 무슨 까닭일까. 시절의 탓일까. 깊어가는 가을이 벌거숭이의 뜰이 한층 산 보람을 느끼게 하는 탓일까.

—「조선문학독본」, 1938. 10.

수선화

　내가 만약 신화 속의 미장부(美丈夫) 나르키소스였다면 반드시 물의 정(精) 에코의 사랑을 물리치지 않았으리라. 에코는 비련에 여위고 말라 목소리만이 남았다. 벌로 나르키소스는 물속에 비치는 자기의 그림자를 물의 정으로만 여기고 연모하고 초려(焦慮)하다가 물속에 빠져 수선화로 변하지 않았던가. 애초에 에코의 사랑을 받았던들 수선은 세상에 태어나지 않았을 것이다.

　이른 봄에 피는 꽃으로 수선화에 미치는 자 없으나 유래와 전신(前身)이 슬픈 꽃이다. 애잔한 꽃판(瓣)과 줄기와 잎새에 비극의 전설이 새겨져 있지 않은가. 이왕 꽃으로 태어나려거든 왜 같은 빛깔의 백합이나 그렇지 않거든 장미로나 태어나지 못하고 하필 수선이 되었을까. 쓸쓸하고 조촐하고 겸손한 모양. 기껏해야 창기슭의 화병에서나 백화점 지하실 꽃가게에서 볼 수 있는 것이지만 그 어느 때 본들 화려하고 찬란한 때 있으리. 언제나 외롭고 적막한 자태. 서구의 시인들같이 벌판에 만발한 흐뭇한 광경을 보지는 못했으나 그 역 그 빛깔 그 자태로는 번화하고 명랑할 리는 없다. 원래가 슬프게 태어난 꽃이라 시인들은 자꾸 슬프게만 노래한다. 수선은 자꾸자꾸 슬픈 꽃으로만 변해 간다.

어릴 때 벌판에서 수선화를 뜯고 놀던 마이클과 라이온은 자라자 한 사람의 소녀 메어리로 말미암아 수선화 핀 그 벌판에서 드디어 사생을 결(決)하려다가 두 사람 다 자멸해 버린다. 슬픈 노래 중에서도 이 〈수선화 피는 벌판〉같이 슬픈 시도 드물다. 수선화 자신의 허물이기는 하나 슬픈 인상만을 더하게 해가는 데는 이런 시인의 죄가 또한 큰 것이 아닐까.

사랑하는 사람에게 보낼 양으로 수선화의 묶음을 사들고 나서는 소녀같이 가엾은 소녀는 없을 것이며 병들어 누운 그리운 사람에게 수선화의 분을 선사하는 사람같이 어리석은 사람은 없다. 같은 값이면 백합이나 장미나 프리지아를 선사함이 옳은 것이다. 하필 수선을 고를 필요는 없는 것이다. 백화점 지하층에서 운명의 유래에 떨면서 뉘 손을 거쳐 뉘 방으로 가게 될까를 염려하고 있을 수선화의 묶음을 상상해 보라. 자신의 신세가 애처롭기는 하나 그러나 굳이 비극을 사갈 사람은 없을 법하다.

다행으로 아직 수선의 선물을 보낸 적도 받은 적도 없었거니와 앞으로 받게 된다면 신경의 관념에 사로잡히지 않을까를 두려워한다. 언제인가 오랜 병석에 누웠을 때 씨네라리아의 화분을 선사한 이 있었다. 나중에 이 이야기를 듣고 병석에 꽃은 대기(大忌)라고 펄쩍 뛴 동무가 있었으나 시네라리아 화분은 수선화의 묶음보다는 그래도 낫지 않을까 생각한다.

세상의 젊은 남녀들이여 수선화의 선물을 삼갈 것이다.

스스로 비극을 즐겨하고 전설의 환영을 사랑하

는 이는 예외이나 슬픈 병에다 수선화를 꽂아 놓고 차이코프스키의 〈파세틱〉을 들으며 멸망의 환상에 잠기는 것은 비참한 아름다움이다. 수선화는 참으로 그때의 소용인 것이며 그때의 빛나는 꽃이 아닐까.

—《여성》, 1939. 1.

국화분

집 한 채를 온채로 빌려가지고 있을 때에는 뜰에 나무도 있고 꽃포기도 흥성하던 것이 하숙생활을 하면서부터 초목이 그립기 짝 없다. 가끔 시외에 나갈 때 물든 가을 수목이 어찌도 아름다운지 아이다운 감격을 느낀다. 집을 가졌을 때는 화분의 필요조차 없어 겨울이면 백화점에서 꽃을 사다 화병에 꽂으면 그만이던 것이 요사이는 경우가 조금 다르다. 요행 하숙 노파가 국화 한 분(盆)을 사서 하필 내 방 책상 위에 놓아준 것이 얼마나 고마운지 모른다. 총총한 대륜(大輪)의 흰 국화가 방안에 일맥의 향기를 부어준다. 시골서 온 과실을 논아주고 한 내 호의에 대한 갚음인 듯하나 어떻든 노파의 유다른 고마운 뜻과 함께 그 국화분을 나는 그지없이 사랑한다.

―「내 집의 화분」,《조광》, 1938. 1.

늪의 신비

　노루목 고개를 바로 넘은 곳에 산비탈을 끼고 기나란 늪이 있었다. 이끼 낀 푸른 물이 언제든지 고요하게 고였고 골과 잔버들이 군데군데 모였고 넓은 진펄이 주위를 둘러쌌다. 부근에는 인가가 없어서 가랑비나 오는 진날이면 근처 일대가 더한층 깨끔하고 무서웠다. 봉평(蓬坪)까지는 이십리요 대화(大和)까지는 삼십리요 진부(珍富)까지는 오십리의 지점에 있는 늪이었다.

　늪 속에는 이심이가 있다는 것이었다. 뿔이 돋고 여의주를 얻으면 비오는 날 검은 구름을 타고 하늘에 오른다는 이심이를 본 사람도 없고 잡은 사람도 없었으나 이 이야기는 기괴한 상상으로 가슴을 눌렀다. 제일 큰 뱀장어보다도 제일 큰 구렁이

보다도 더 큰 괴물이 늪 속에 꿈틀거리고 잠겼을 것이니 그믐밤에는 물속에서 고개를 들고 길 가는 사람을 후려가지 않으리라고야 누가 장담하랴.

　깊고 우중충한 늪 속에는 비록 이심이가 아니라도 확실히 두려운 그 무엇이 있을 것은 사실이다. 보이지 않는 곳에 반드시 그 무엇이 없을 법은 없다. 늪은 신비의 못이요 전설의 도가니다. 확실히 어둠속의 여인의 눈 속 이상(以上)의 신비를 간직한 것이 곧 늪이다.

—《조광》, 1938. 6.

바다로 열린 녹대(綠帶)

    바다는 창공과 표정을 같이 하여 흐릴 때에는 슬픈 상(相)을 지니고 개일 때에는 해명(解明)한 상을 나타낸다. 그런 날 지평선 멀리 바라보이는 바다와 하늘의 구별은 유산동(硫酸銅)의 2배 액(液)과 3배 용액의 경우와도 같이 명확하다. 때로는 바다는 유산동의 결정(結晶) 그것이다. 유동하는 액체가 아니요 고정한 광물의 조각같이 견고하고 차고 맑고 귀하고 무거웁다. 자전차로 벌판을 달리면서 나는 그 귀한 미각(벌써 시각이 아니다)의 대상을 재찬삼탄(再讚三嘆)하면서 바다를 형용할 적절한 말을 찾으려고 마음속에 곰실곰실하는 동안 종시 뜻을 이루지 못한 채 바다에 이르고는 하였다.

창공에는 구름이 조각조각 뿌려졌다. 역시 광석 같이 굳고 차고 맑게 보이는 구름의 조각은 일척일척(一齣一齣)의 투명한 지혜와 같이 아까웁고 아름다웁다. 명서의 페이지마다 흩어진 빛나는 구절을 줍기보다도 그 구름을 바라보기란 더 한층 즐거운 일이다.

바다를 저변(底邊)으로 한 삼각형의 벌판은 온통 녹화하여 개울을 끼고 내려가는 유역 일대의 녹음은 욱욱(郁郁)하고 그윽하다. 물에서 나는 생물은 물을 낄 때에 가장 아름다웁게 자라는 것 같다. 새발고사리가 꽃다웁게 퍼지고 늘어선 백양(白楊)이 조촐하게 나부끼고 갯버들 숲에 이름 모를 새들이 깃들이는 것은 모두 유역 부근이다. 구름과 지평선과 백양의 유동하는 윤곽과의 조화는 한입에 삼켜버리고도 싶은 지상의 선미(鮮味)이다. 보기만으로는 부족하다. 위대하고 호담한 식욕을 느끼게 된다. 입은 사랑의 마지막 표시의 계단인 까닭이다. 사람은 지극히 사랑하는 물건을 마지막으로 입에 넣어 봄으로 최후적 만족을 얻는다. 아이는 꽃을 씹어 보고 구슬을 입에 문다. 바다로 열린 벌판에 군데군데 흩어진 떨기떨기의 녹음은 육체를 괴롭히리만큼 마음을 끄는 그리운 풍물이다. 개울 속의 고기를 건지려는 것도 아니요 수풀 속의 새둥우리를 찾으려는 것도 아니요 찾는 것이 무엇인지도 모르면서 그러나 무더운 탐구의 열정으로 혼몽 중에 유역을 들추고 벌판을 헤매이고는 하였다.

이제 그리운 것은 지난날의 그곳이다. 나는 능라도(綾羅島)의 녹절(綠節)을 사랑한다. 하는 일 없이 나무를 보고 물을 보고 하면서 반날쯤을 지내기는 쉬운 노릇이다. 그러면서도 눈앞의 이 녹향(綠鄕)을 접어 두고 도리어 먼 곳의 그것을 그리워함은 늘 현재 이외를 구하는 사람의 천성으로일까. 바람에 떨리는 백양의 잎이 눈에 보이고 바다 소리가 귀에 새로웁다.

—「그리운 녹향(綠鄕)」, 《동아일보》, 1936. 6. 24.

계절의 낙서

여윈 사람은 음식을 말하기를 즐겨한다고 한다.

문학과 교실에서 세 시간이나 연달으게 되는 지나(支那) 문학사의 강의는 오정에 끝나기로 되어 있었다. 박사요 사계(斯界)의 권위인 노교수는 으레 음식의 설화로 이삼십 분씩은 시간을 다가서 강의를 마치는 것이었다. 식당에서 주문한 런치가 왔느니―오늘 점심은 라이스커리니―식기 전에 먹어야 겠느니―하면서 그것을 말하기를 확실히 즐겨하는 눈치였고 우리에게는 강의가 빨리 끝나는 것이 기쁨이었다. 교수는 학의 기품을 갖춘 수신척골(瘦身瘠骨)의 고명한 노학자였다.

나도 음식을 말하기를 즐겨한다는 것은 그 노교수같이 박사요 고명한 학자라는 말이 아니라 수신척골은 아닌 지경이라도―말하자면 여윈 편이라는 것이다. 지난겨울에는 보제(補劑)를 다섯 재나 쓴 결과 관반(貫半)이나 체중이 늘었던 것이 봄을 잡아들면서부터 도로 나무아미타불이었다. 올에는 약의 힘을 버리고 간유와 버터의 섭취를 위주로 했더니 요새 와서 여름보다는 삼백 문(匁)이 불었다. 그 모양으로 한겨울을 지나면 보제의 힘을 빌 것 없이 자연스럽게 관 반은 늘 것 같다. 이렇게 내게 있어서 체중의 증감이 대단한 관심사인 것이며―다시 말하면 장대한 육체의 소유자가 아니라는 것이다. 그런 까닭에 음식의 설화가 수다스럽다고 하더라도 문책을 받을 것은 없다는 것이다.

　버터가 인조로 변한 지는 오래다. 영양가는 순수한 것과 일반이라고 선전은 하나 속을 사람은 없을 듯하다. 첫째 향기가 없고 둘째로 짠 맛이 부족하고 셋째로 감촉이 눅진하지 못하고, 넷째로 기계기름 냄새가 나고 다섯째로 빛깔이 지나치게 누렇고……영양가 운운의 문제 외에도 흠은 일일이 매거하기 어렵다. 순수한 것을 식료품점에 예약해 둔 지 거의 한 달 만에 간신히 다섯 파운드를 구해 지하실에 저장해 두었다. 아마도 순수품의 마지막 일 듯싶다는 것이다. 다섯 파운드가 많지는 못하나 한겨울 날 것은 될 듯해서 버터에 관한 한 당분간 걱정할 것이 없게 되었다.

지하실에 저장한 것으로는 외에 시골서 온 사과와 배 두 통, 밤 한 통, 고구마 한 포대, 자반 정어리 한 통, 야채 등이요 진귀한 것으로 포도주—가 아니라, 자조(自造)의 머루주 몇 병이 있다. 몇 해를 두고 벼르던 것을 올에야 겨우 뜻을 이룬 것인데 도회에서는 머루를 구하기 힘들어 일부러 그 목적으로 시골서 보내게 한 것이다. 알을 따서 으깨서 독에 봉해 넣으니 며칠이 못 가 고이기 시작한 것이 몇 주일을 지나니 풍후한 냄새가 제법 독하게 풍기게 되었다. 짜서 가라앉힌 후 더욱 조미를 베풀어 병과 독에 넣었더니 이 겨울의 한 진미가 되었다. 알콜 분(分)의 양조는 위법 행위라는 것이나 이 법률의 상식을 알게 된 것은 머루가 고이기 시작한 후였으므로 처음부터 법의 그물을 뚫을 악의가 있었던 것은 아니다. 설령 결과가 그렇게 되었다고는 하더라도 골드스미스의 소설 〈비커 오브 웨이크필드〉의 주인공인 목사의 가정에서 구스베리 와인을 만든 것이 허물이 안 된 것같이 머루주의 몇 병쯤도 이를 허물할 것 없이 차라리 일종의 풍류로 돌림이 너그러운 일일 법하다. 목사 집 부부가 오는 사람 가는 사람에게 손수 만든 구스베리주의 솜씨를 자랑한 것같이 나도 내 머루주의 솜씨를 찾는 손님에게 자랑하려는 것이다. 이 정도의 허물없는 다반사인 것이 알콜을 진짬으로 사랑하는 마음에서 머루주를 저장한 것은 아니다.

버터와 머루주 외에 땅속에는 김장도 두어 독 묻었고 좀 있다 황해도로 갔다는 단골 굴장사가 굵은 굴을 가져오면 젓도 담을 수 있을 것이요 시골서는 과실이 또 몇 통 오기로 되어 있다. 쌀도 얼마간 찧어 놓고 석탄도 간신히 약간 구해 놓았고—이만하면 겨울 준비가 대충은 된 셈이다. 날이 추워져도 눈이 와도 그다지 두려울 것이 없어졌다. 두렵기는커녕 눈은 즐거운 것의 하나가 되었다. 눈이 없다면 겨울은 얼마나 삭막한 시절일까. 눈이 있기 때문에 겨울도 다른 시절에 밑지지 않게 아름다운 것이다. 눈송이 날리는 아침과 저녁, 눈 쌓인 상록수, 하아얀 거리, 신발 밑에서 빠작빠작 울리는 눈 쌓인 행길, 기온이 낮아졌다가 별안간 차진 아침, 수림의 휘추리에 만화(萬華)의 그림을 그려 놓는 수빙(樹氷)—이 모든 아름다운 것으로 인해 겨울은 다른 시절에 빠지지 않는 것이다.

올에 들어서 눈이 특히 더 좋게 생각되고 기다려지는 이유가 또 하나 있다. 벼르던 스키를 올에는 짜장 시작해보려고 마음 먹은 것이다. 스케이트를 버린 지가 십여 년이다. 그것을 회복시켜 볼까 스키를 고를까 생각하다가 드디어 후자의 장쾌함에 마음이 끌렸다. 경우에 따라서는 두 가지를 겸해하고 싶은 욕심도 없지 않다. 요행 가까운 모란봉 뒷등이 지난해부터 스키장이 되었다는 것이요 기차로 왕복 하룻길 되는 구장(球場)에도 철도국의 신설장이 있다는 것이다. 문제는 눈이다. 눈이 많이 와야 무시로 스키를 짊어지고 나갈 수 있을 것이므로 기다려지는 것이 눈이다. 그러나 이것도 스키어의 말을 들으면 금년에는 여름에 비가 잦았던 까닭에 풍설(豊雪)일 것이라고 추측이다. 기상 학

자가 아닌 그로서는 소위 원망(願望)의 사고일는
지도 모르나 그러나 그보다 또 떨어지는 나로서는
그의 그 위시풀 씽킹을 믿을 수밖에는 없는 것이
다. 어떻든 올에는 눈이 많이 올 것으로 작정해 버
리고 약간의 예비지식을 준비해 가지고는 우선 스
키 현품의 실제적 답사를 할 양으로 거리의 운동
구점을 몇 집 들렀던 것이다. 현품을 보고 품질을
묻고 가격을 타진한 결과 스키 일체 용품에 대한
대략 다음과 같은 숫자를 얻었다.

스키 20.00

구두 35.00

점퍼 30.00

바지 10.00

모자 3.00

장갑 3.00

양말 3.00

품질의 고저가 있다고는 해도 약 백 원의 개산
(槪算)이다. 불과 20원이면 될 스케이트에 비하면

약 5배의 입비(入費)인 것이다. 점원이 허리를 얕게 하고 말을 달게 해서 스키의 공효(功效)와 흥미를 아무리 장황하게 늘어 놓는다 해도 사치한 스포츠임에 틀림없음을 알았다. 이상 품구(品具) 외에 옳게 익히려면 교칙서도 필요할 것이요 구장 등지를 번번이 내왕하려면 노자도 적지 않을 것이니 백 원에다 훨씬 이상의 것을 플러스해야만 될 것이다. 어찌 사치한 스포츠가 아니랴. 백 원을 얻으려면 원고지 이백 매를 채워야 하고 원고지 이백 매를 채우려면 피나는 노력의 한 달을 허비해야 한다. 즉 스키는 한 달 노력의 값인 것이다. 확실히 비싼 대상이다. 한 달 노력에 드는 육체와 정신력의 소모를 한겨울 동안의 스키의 단련이 설령 회복시켜 준다고 치더라도 비싼 대상임에는 틀림없다. 여름의 수영은 수영복 한 벌만을 가지고 강에나 가면 그만이요 운동장에서의 축구는 신은 신발 그대로 족한 것이다.

그러나 사실은 그렇다고 해두고 그 숫자가 결코 스키에 대한 나의 흥을 덜어 주지는 못하며 도리어 더욱 불지를 뿐이다. 사치 여부를 묻지 않고 나는 스키를 시작할 것이다. 좀 있으면 신품이 온다니까 눈 오는 날 아침 즉시로 나는 점원에게 한 벌을 날라오도록 분부할 것이다. 눈 오는 날이 내게는 전에 없이 유달리 기다려진다.

눈송이 날리는 아침과 저녁―눈 쌓인 상록수―하아얀 거리―만화의 그림을 그려 놓은 수빙(樹氷)―이 모든 아름다운 것 중에서 눈 쌓인 산등이 가장 그리운 것으로 기다려진다. 눈과 스키―계절의 원망(願望)은 우선 지금 이것뿐이다.

11월 30일 밤

―《신세기》, 1940. 1.

남창영양(南窓迎陽)

또렷한 봄의 실마리를 시절의 제목을 찾지 못해서 이 짧은 글을 작정된 기한의 마지막 날인 오늘까지 붓을 대지 못하고 있을 제 우연히 문하의 학생 오륙인의 방문을 받았다. 이렇게 한꺼번에 오륙인씩이나 대거함은 드문 일이다. 지향 없는 젊은 이야기에 활기를 느끼고 있는 사이에 총중의 한 사람이 슬며시 자리를 떠서 밖으로 나가더니 얼마 안 되어 거리의 사진사 한 사람을 데리고 왔다. 함께들 사진을 박자는 것이 일행의 중요한 목적임을 알고 예측치 아니한 그 갸륵한 청을 나는 고맙게 또한 반갑게 여겨 현관과 창을 배경으로 복판에 둘러싸여 섰다. 뜰 한 편 구석에 카메라를 세우고 집을 배경으로 두 장, 멀리 원경의 모란대를 배경으로 한 장, 이 해의 첫 사진을 박게 되었다. 문제는 그 후에 온다. 박고 나서 사진 속에 새겨 넣을 글자를 생각하노라고 한참들이나 머리를 모으고 의논에 잠기더니 드디어 그 난산의 제목을 나에게 고하였으니 가로되 '이른 봄' 운운이었다. 이른 봄—나는 여기서 문득 홀연히 기한된 이 짧은 글의 착상과 아울러 우연히 봄 생각의 실마리를 얻게 되었다. 이른 봄과 사진—그 사이에야 무슨 관련이 있으랴마는 이른 봄의 반날을 젊은 문과생들의 문학담과 즐거운 웃음소리를 듣고 상호간의 두터운 우의를 옆에서 목격하게 된 것에 한 줄기의 감동이 솟은 것이다. 이른 봄—듣고 보니 짜장 벌써 이른 봄이 신변에 가까워 왔음을 느낄 수 있으며 젊은이들의 정과 뜻과 열정에서 봄은 한층 활기와 의미를 더하여 가는 듯하다. 봄은 물론 청춘의 시절이니 청춘의 하루에서 봄이 열린 것이 즐거운 암시이며 활기 있는 분위기 속에서 우연히 봄을 맞이하게 된 것을 더 없이 기뻐한다.

손들을 보내고 장지를 활짝 열고 남쪽 창 넓은 기슭에 올라 앉으니 전폭의 벽으로 흘러드는 따뜻한 햇빛이 전신을 싸고 방안에 새어 들고도 오히려 남는다. 기지개라도 펴고 싶은 모 없는 부드러운 햇빛이다. 창을 열어도 벌써 찬 기운이 얼굴을 찌르는 법 없이 둥글게 몸을 스칠 뿐이요 하늘은 푸르기는 푸르면서도 가령 가을 하늘같이 새파랗지는 않고 푸른 물에 우유를 섞은 모양으로 희미하고 부드러운 빛이다. 하루도 뺀 적 없는 비행기가 가까운 허공을 요란한 소리를 내며 날아간다. 아직도 수뭇수뭇 무죽거리는 그 어디인지 숨어 눈에 보이지 않는 봄의 생명을 속히 뽑아내려는 듯이 성급스럽게 성화하고 재촉하는 소리가 바로 비행기의 폭음인 듯하다. 그것이 지나간 후에는 그와는 아주 성격이 다른 기차의 기적소리가 가까운 교외에서 길게 한가하게 울려 온다. 그것은 봄을 재촉하는 소리가 아니고 봄을 이미 맞이하여 버린 봄 속에서의 유창한 노래와도 같다.

봉곳이 솟아 오른 양지쪽의 흙속에는 수많은 생명의 무리가 새 기운을 한껏 준비하여 가지고 한 마디 호령만 나면 비집고 솟으려고 일제히 등대하고 섰음이 완연하다. 나뭇가지의 눈 봉오리는 날이 새롭게 불어가는 듯하며 오랫동안 자취 멀던 새의 무리가 가지 위에 퍼찔 모여들기 시작하였다. 늘 푸른 한 포기의 황양목(黃楊木)이 새삼스럽게 눈을 끈다. 버드나무의 드리운 가지 끝이 푸른 물을 머금었음이 확실하고 먼 과수원의 자줏빛이 더한층 짙었음이 분명하다. 집안의 봄은 새달 잡지의 지나치게 민첩한 시절의 사진에서 오고 거리의 봄은 화초 가지와 과물점(果物店)에서 재빨리 느낄 수 있었으나 이제는 벌써 눈에 띄는 모든 것에서 봄의 기색을 살필 수가 있게 되었다. 화초 가가(假家) 유리창 안에 간직한 시네라리아, 프리뮬러, 시클라멘, 프리지어의 아름다운 색채의 분은 벌써 창밖에 해방하여도 좋을 법하며 과실점을 빛나게 하는 감귤류의 향기와 가제 수입한 바나나의 설익은 푸른빛 같이 봄의 조미(朝味)를 느끼게 하는 것도 드물다. 닥쳐오는 봄은 붙들 수 없는 힘이며 막을 수 없는 흐름이다.

늘 오는 봄, 올 때 되면 꼭 오는 봄, 그까짓 얼른 오건 말건 하던 생각은 없어지고 봄이 점점 절실히 기다려지게 되는 것은 무슨 까닭일까. 얼른 봄이 짙어 풀이 나고 꽃이 피고 나무가 우거지고 그 속에 새가 모이고 나비가 날고 벌레가 울게 되었으면 하는 원이 나날이 해마다 늘어갈 뿐이다. 자연의 짜장 좋음이 뼈에 사무쳐서 알려지는 까닭인가 한다. 너무도 흔하고 당연하기 때문에 무관하게 지내던 것이 차차 그 아름다움을 철저하게 깨닫게 된 까닭인가 한다. 아무리 생각해야 자연같이 아름다운 것은 없다. 나는 이 심정을 결코 설운 참말을 들려줌이 시인이라면, 쉘리의 시는 무엇을 의미할꼬……*

―《조광》, 1937. 4.

* 《조광》 출판 시 조판 메이지의 늘어남을 방지하기 위해 원문을 무리하게 줄이는 과정에서 오류가 생겨 비문이 된 것으로 추정된다.

화춘의장(花春意匠)

미(美)의 변(辯)

오랑캐꽃이 시들고 개나리와 살구꽃이 한창이요 이어 벚꽃의 만발이 날을 다투고 있다. 모란대 일대는 관화(觀花)의 준비로 아롱기둥에 등을 달고 초롱을 늘이고 초초(楚楚)한 치장으로 화려한 날을 등대하고 있다. 해마다의 관화의 풍속이 풍류스럽다느니보다 이제는 벌써 일종의 퇴색적 속취(俗臭)가 먼저 눈에 띄게 된 것은 사실이나 그러나 시절의 꽃을 대할 때 즐겨하고 상(賞) 줌이 사람의 상정(常情)인 이상 역시 일맥의 아치(雅致)를 부정할 수는 없으며 이 습속을 일률로 야속시(野俗視)할 수만은 없는 것이다.

꽃은 무슨 꽃이든 간에 다만 꽃이라는 이유만으로 충분히 아름다운 것이며―가령 발아래 밟히우는 미천한 한 송이라도 노방(路傍)의 돌멩이나 흙덩이의 유(類)는 결코 아닌 것이다. 아름다운 것을 아름다운 것으로 인정하여 시절 시절의 꽃을 반기는 마음으로 맞이하고 나아가 사랑하고 완미함이 떳떳한 마음의 통리(通理)가 아닐까. 꽃이 아름답다고 생각될 때 비록 그것이 홍진(紅塵)의 속이라고는 하더라도 속중(俗衆) 속에 휩쓸려 천치같은 얼굴을 지니고 꽃길을 밀려가며 잠시 흥겨워하기를 인색하게 하지 않는 곳에 너그럽고 넉넉한 아량이 있을 뿐 아니라 그렇게 함이 참으로 아름다운 것을 아름다워 하는 소이(所以)가 아닐까. 아름다운 것을 다만 아름답다고 생각하는 것과 아름다운 것을 참으로 아름다워 하는 것과는 뜻이 다르다. 방 속에 묻혀 들밖의 꽃을 아름다우려니 환상만 하고 있는 것보다는 몸소 들밖에 나가 그 꽃을 구경함이 나으며, 팔짱을 끼고 다만 꽃을 바라보는 편보다는 손수 한 포기를 떠다가 뜰 앞에 옮기거나 꺾어다가 책상 위에 꽂는 편이 몇 층이나 더 보람 있는지 모른다. 그까짓 꽃 누가 아름다운 줄 모르랴 하고 꾀바른 얼굴로 단마디 비웃어버리는 사람과 묵묵히 그것을 뜰 앞에 가꾸는 사람과의 사이에는 동일에 논할 바 아닌 거의 종족의 차이가 있는 것이다. 전자의 소극성에 비하여 후자의 적극성 건설성이야말로 사람으로서 바라야 할 바이며 이 길만이 인류의 생활을 승양(昇揚)시키고 문화를 진전시키는 동력이 되는 것이다. 시절 시절의 꽃은 될 수 있는 대로 알뜰히 맛보고 즐겨하여 우리의 생활권내에 탐스럽게 섭취함이 옳은 길이며 그것이 소여(所與)의 생활을 충분히 영위하는 까닭이 된다.

대체 봄에서 시작되어 여름 가을까지 연달아 오는 시절의 미의 태반은 참으로 꽃과 수목에 기인한다. 화훼와 초목의 색채와 훈향(薰香)과 음영(陰影) 없이 시절의 미는 없다. 백화(百花)가 요란(燎爛)한 동산에 나비와 벌이 모이고 수목이 우거진 곳에 아름다운 새들도 날아든다. 꽃 그림자를 받고 나무 그늘에 설 때 여인(麗人)은 한층 향기를 더한다. 세상에 아름다운 것은 많으나 식물의 인식을 떠나 홀로 초연히 빛나는 것은 드물다. 하늘과 바다가 한층 아름다운 것은 푸른 수목의 풍경을 상대로 가질 때요 달과 별은 수풀을 비칠 때 풍성한 생각이 나고 강물은 버드나무 선 연안을 흐를 때 곡절 윤택 있는 것이다. 여인(麗人)의 붉은 저고리는 꽃빛을 물들인 것이요 로브데콜테는 나비의 날개를 흉내 낸 것이다.

꽃이 피고 싹이 나기 시작한 때부터 참으로 모든 것이 아름다워 간다. 가벼운 의장(衣裝)의 여인들의 눈동자를 보라. 그것은 확실히 겨울의 그것은 아니다. 분홍으로 물든 것은 아마도 꽃빛을 비추었음이리라. 그것이 사람이든 꽃이든 나무이든 간에 걸음을 멈추고 잠깐 그 미에 취함은 시인만의 풍속이어서는 안 된다. 비록 한 조각의 구름이나 한 마리의 양이라 할지라도 머물러 서서 그 미를 완미하고 섭취하여 써 생활 내용을 풍부하게 함이 누구나가 뜻하여야 할 삶의 길이 아니면 안 된다.

미의 특권같이 큰 것은 없다. 미는 미를 인

정하지 않는 사람까지 감동시키고야 만다.

    굳이 콕토의 말을 빌려 올 것도 없이 미의 위력 같이 큰 권위를 나타냄은 없다. 미는 말하지 아니하고 자랑하지 아니하고 뽐내지 아니하나 스스로 무언의 위력과 침묵의 권위를 발휘하여 접근하는 대상으로 하여금 모르는 결에 매혹케 하고 찬미케 하고 복종케 하고야 만다. 세상에서 미 이상으로 지배적인 것은 없으니 제 아무리 위대한 지상(至上)의 것이라도 미의 앞에서는 숨결이 어지러워지며 말이 없어진다. 미는 말을 뺏고 항의를 용납하지 아니하고 도전의 의사를 미전(未前)에 말살소진(抹殺消盡)시켜 버리는 까닭이다. 가령 힘 앞에는 잠시 굴복하는 한이 있더라도 마음까지 뺏기는 법은 없으나 미에의 굴복은 절대적이어서 혼연무구(渾然無垢)의 진정이 있을 뿐이지 울적한 반의(反意)를 마음속에 내포할 겨를을 주지 않는다. 산을 뽑을 웅사(雄士)라도 미의 앞에서는 무장을 풀기를 부끄러워하지 않으며 드디어 그 노예가 되기를 자원한다. 미는 결정적이고 운명적이고 따라서 때때로 비극적이다. 구름의 미는 구름에만 부여된 것이요 장미의 미는 장미 이외의 것에서는 구할 수 없으며 꾀꼬리의 미는 꾀꼬리만이 가지는 것이요 사람의 미 또한 그러하다. 갑의 미는 을의 미와 구별되며 병의 미가 아무리 탄식한대야 정의 미를 뺏을 수는 없다. 삼각의 한 귀퉁이에서 사랑에 울고 불고하는 가련한 이의 비극은 뉘 알랴. 벌써 잔인하게도 미의 신이 결정해 버린 것이다. 미의 신은 냉정하고 고집쟁이어서 이런 비극에는 구원의 도리조차 없다. 미는 그것이 가져오는 기쁨이 무한히 큰 반면에 그것이 요구하는 희생도 또한 크다.

그러나 사람이 요구하는 것은 항상 그 기쁨이므로 음산한 희생의 이야기는 여기에서는 금물이다.

아름다운 물건은 영원의 기쁨. 그것은 결코 사라지는 법 없이 갈수록 귀여워지며 우리에게 축배를 주고 안식을 주고 꿈을 주고 건강을 주고 편안한 호흡을 주고……

너무도 유명한 키츠의 이 노래는 미의 덕을 말

하여 남김이 없다. 아름다운 것이 주는 기쁨 가운데에서 가장 큰 것은 꿈과 건강과 감격이며 이것을 얻을 때 비로소 생명의 보람이 난다. 미는 참으로 사람의 영원의 추구의 대상이며 낮이나 밤이나 한결같이 염두(念頭)를 지배하는 영원의 제목이다. 하루 한 때라도 자신의 미의 의식과 자각 없이 호흡하는 여인이라는 것을 우리는 상상하기 어렵다. 미는 생명의 동력이요 무상(無償)의 보배요 지상(至上)의 특권인 것이다. 미를 말할 때 반드시 경제를 설명하고 역사를 캐야 한다면 치열(稚劣)의 비웃음을 면하지 못할 것이다. 역사는 객관을 변경하고 객관이 주관을 규정하기는 하나 몇 세기쯤의 시간이 미의식의 기준을 그렇게 호락호락하게 뒤집어엎을 수는 없다.

천 년 전의 여인(麗人)은 오늘에도 여인일 것이며 오늘의 기계미는 고인(古人)의 또한 찬탄할 바 되겠고 한 송이의 장미는 고금의 시재(詩材)로 쓰이지 않았던가. 미는 향기여서 감동만을 요구하고 비판을 거부하는 것 같다. 굳이 비판을 시험할 때에는 향기는 그만 사라져 버린다. 고전미나 낭만미나 현실미나 각각 그 미의 본질에 관한 한 근본적 차이는 개재하지 않는 것이며 필요한 것은 그 감상의 태도요 중요한 것은 될 수 있는 대로의 감동을 탈취함이다. 소포클레스의 비극미에 몸을 떠는 사람이면 햄릿의 낭만미에 감동할 것이며 내려와 살로메의 퇴폐미에 구태여 눈썹을 찌푸릴 것 없이 솔직하게 취하여 봄도 일흥(一興)일 것이다. 이 영역에서 감동한 사람이 다시 내려와 고리키의 어머니의 거동에 가슴을 죄인다고 하여도 결코 모순은 아니며 숄로호프의 아크시냐에게 끌려도 무관한 것이다. 미에 관한 한 일률로 역사를 고집함은 고루하고 천박하게 보일 뿐이다.

역사보다는 차라리 지리를 생각함이 미의 관찰을 도울 것 같다. 지리적으로 살펴볼 때 아무래도 미의 부여가─미 조건의 분배가 균등하지 못함은 웬일일까.

우리는 우리의 주위와 생활 속에 얼마나의 미를 보고 가졌는가. 미의 인식은 오로지 마음의 문제라고만 뻗대지 말라. 미를 받아들임은 마음이나 객물(客物) 자체의 미를 거부할 수는 없는 것이다. 주위를 살필 때 아무리 옹호의 정을 가지고 보려 하여도 아름다운 것이 흔하지는 못하다. 편견과 고집을 가지고 없는 것을 억지로 과장하려고 하고 회고(懷古)의 감상에 잠김은 무의미한 일이요 차라리 없는 것은 없다고 솔직하게 털어 놓고 허심탄회로 새로운 아름다운 것을 꾸미려고 애씀이 창조적인 바일 것이다. 여윈 땅에서 무엇이 아름답게 자랄 수 있으랴마는 바탕조차 아름답지 말라는 법은 없는 것이다. 한 떨기의 꽃 한 포기의 풀은 그만 두더라도 자연 전체가 결코 풍부하지 못함을 어찌하랴. 그 속에서 자라는 사람과 생활에 또한 아름다운 것은 유심(愈甚)히도 결핍하다. 이 미의 빈곤은 대체 무엇에 기인한 것일까. 역사의 사연(使然)을 전연 부정할 수는 물론 없으나 그러나 바탕의 빈곤에 이르러서야 역사의 스스로 간연(間然)할 바는 못 되는 것이다. 지리적 천연적 거의 숙명적의 것이 아닌가 한다.

가령 임의의 하루를 생활하는 동안에 우리는 대체 몇 차례의 미의 감동에 사로잡히는가. 집에서 기동하고 직장에서 일하고 거리를 왕래하는 동안에 문득 미적 감동에 숨을 죽이고 감격에 잠김이 몇 번이나 되는가. 진귀한 나뭇가지를 바라보고 우두커니 섰다든가 아름다운 눈동자를 발견하고 가슴을 수물거리게 하였다든가 따뜻한 인정의 일면에 접하여 마음을 녹였다든가 하는 경험은 평일에 있어서 극히 드문 것이요 대개는 삭막한 날의 연속이 있을 뿐이다. 기회가 있어 아름다운 음악을 듣거나 소설의 흥미 있는 페이지를 펴거나 묘한 상념에 잠기거나 할 때에 우리는 미감에 잠겨 생명의 약동을 느끼게 되나 돌이켜 보아 그 음악이나 소설의 재료가 누구에게 속하는 것인가에 생각이 이를 때 마음은 무거워진다.

그 모든 아름다운 것은 외래의 것이요 이곳의 것은 아닌 것이다. 이곳의 것으로 참으로 아름다운 것이 얼마나 있고 풍윤(豊潤)한 것이 얼마나 되는가. 수목이나 자연의 풍물을 제외하고 인간적의 것으로 가령 서반구(西半球)의 아름다운 것을 당할 만한 무엇이 이 땅에 있는가.

서국(西國)의 미에 비하여 우리의 것이 너무도 초

라하게 느껴지는 것은 편견도 아무 것도 아니다. 인간이나 생활의 미에 있어서 이곳의 것이 그곳의 것에 비길 바 못된다고 말하여도 그것은 반드시 독단과 편기(偏嗜)에서 나오는 말만이 아닐 듯하다. 생활의 미를 말할 때에 나는 반드시 그곳의 문명과 발달된 자본주의를 가리키는 것이 아니다. 원형 그것 바탕 그것이 이미 충분히 아름다운 것이며 이 점에 있어서 우리는 한 큰 특권을 운명적으로 당초부터 잃어버리고 있는 셈이다. 미의 특정의 기준이라는 것은 없겠으나 바닷빛 눈과 낙엽빛 머리카락이 단색의 검은 그것보다는 한층 자연율(自然律)에 합치되는 것이며 따라서 월등히 아름다움은 사실이다. 색채만을 말하더라도 그들은 생활의 제반 양식에 자연색을 대담하게 모방하여 생활을 미화하니 일례를 들어 각인각색의 다채의 의상은 그대로가 바로 화단의 미를 옮긴 것이 아닐까. 나아가 그들의 예술에 대하여서도 같은 말을 할 수가 있다.

　바탕이 빈한한 우리의 길은 될 수 있는 대로 미의 창조에 힘씀에 있다. 자연에 대한 미의식을 왕성히 배양하고 자연물의 형상 색조 의장을 생활양식에 알뜰히 이용하며 나아가 독창적 발명을 더하여 생활을 재건함에 있다. 적어도 초옥의 토벽에는 칡덩굴을 캐어다 올리고 의상에 일층(一層)의 색채를 이용할 만한 대담성과 비약이야말로 소원(所願)의 것이다.

행(行)의 변(辯)

집 뒤 터에 주택지대로서는 드물게 오십 평 가량의 집 아닌 밭이 있다. 시절이 되면 야채와 화훼가 가득히 우거져 회색 벽과 붉은 지붕만이 전후로 들어선 이 구역 안에 있어서 스스로 한 폭의 신선한 풍물을 이루어 옆길을 지나는 사람으로 하여금 잠시 발을 멈추게 한다. 붉은 튤립의 열(列) 옆으로 나무장미의 만발한 이랑이 늘어서고 달리아가 장성하며 한편에는 우방(牛蒡)의 활엽(闊葉)이 온통 빈틈없는 푸른 보료를 편다. 가구(街區)에서는 좀체 얻어 볼 수 없는 귀한 경물(景物)이니 아침 저녁으로 손쉽게 그것을 바라볼 수 있는 나는 자신을 행복스럽게 여긴다. 그 한 조각의 밭을 다스려 아름다운 꽃을 보이는 사람은 놀라운 재인(才人)도 장정도 아니라 별 사람 아닌 한 사람의 육십을 넘은 노인인 것이다. 봄에 씨를 뿌려 꽃을 피우고 가을에 뒷거둠을 마치고 다시 갈아엎을 때까지 그 밭을 만지는 사람은 참으로 그 육십 옹(翁) 단 한 사람인 것이다. 씨를 뿌리기 시작한 날부터는 하루도 번기는 날이 없이 아침만 되면 육십 옹은 보에 쟁기를 싸가지고 어디선지 나타난다. 살수(撒水) 중경시비(中耕施肥) 제초(除草) 배토(培土)—그때그때를 따라 일과에는 조금의 소홀도 없으며 일정한 필요의 과정이 오십 평의 구석구석까지 알뜰히 미쳐 이윽고 제때에 아름다운 성과를 맺게 한다. 옹은 허리가 휘고 기력이 부실하나 서두르는 법 없이 지치는 법 없이 말하는 법 없이 날이 맞도록 묵묵히 일하며 그의 장기(匠器)가 미치는 뒷자취는 나날이 면목이 새롭고 아름다워진다. 침착하게 움직이는 그의 양을 바라볼 때 거기에는 고로(苦勞)의 의식의 표정은 조금도 눈에 띄지 않으며 도리어 한 이랑 한 이랑의 흙을 아끼고 사랑하는 그 거동에는 만신(滿身)의 희열이 드러나 보인다. 때때로 얼굴이 마주칠 때의 아이같이 방긋 웃어 보이는 동심의 표정을 읽으면 그는 괴롭게 노동하고 있는 것이 아니라 그 오십 평 속에서 천진하게 장난하고 예술하고 있는 것이라고 번역된다. 참으로 오십 평 속에서의 그의 생활은 싫은 노역이 아니라 즐거운 예술이라고 보여진다. 근로와 예술을 동시에 가진 생활—생활의 미화, 노동의 예술화—진부한 어투인지는 모르나 노동의 참된 경지를 그 구체적 실례를 나는 그 육십 옹에게 보는 것이다.

생산만이 아니라 미를 겸했으며 미만이 있는 것이 아니라 생산의 열매가 아울러 온다. 반드시 꽃밭을 가꾸게 됨으로써의 미를 일컬음이 아니라 만족스런 노동의 표정의 미를 말함이다. 옹의 모양을 일 년 동안이나 방관한 나의 관찰에는 그릇은 없을 것이다.

봄을 맞이하여 다시 옹의 아용(雅容)을 나날이 바라보게 된 이 때 나는 이 생각과 감동을 다시 마음속에 일으키게 되었다. 해가 저문 때 일을 마치고 글거리를 모아 밭 가운데 불을 피워 향기로운 연기 속에서 몸을 쪼인 후 옆 개울에서 손발을 씻고 쟁기를 수습하여 가지고 돌아가는 그의 모양—그것이 솔직하게 나의 마음을 울리고 기쁘게 한다. 한편 그의 착실한 자태를 바라볼 때 나는 그 허리 굽은 육십 옹의 여일한 생활의식에 비겨 자신의 그것이 때때로 월등 저하되고 소침(消沈)됨을 깨닫고 부끄러운 생각을 마지 못한다. 주기적으로 생활의욕이 급거히 저락되고 침체된 일종의 플래토의 지대에 다다르게 될 때 주위가 어둡고 진퇴가 귀치않고 우울, 저미(低迷)되어 결과는 생활력조차 감퇴하여 버린다. 욕심이 없고 희망이 없는 탓이라면 육십 옹의 앞에 너무도 보람 없고 비굴하여 얼굴이 붉어질 지경이나 솔직하게 말하여 그대체 희망이라는 것이 어떤 내용 어느 정도 어느 거리(距離)의 것인가를 생각할 때 역시 답답해지는 것이 당연하며 뜻 없는 명랑은 도리어 천치의 소위로 밖에는 생각되지 않는다. 같은 세대의 젊은이들에게 그대는 생활의 신조를 어떻게 세웠느냐고 묻고 싶은 때조차 있다. 빈틈없는 이론으로 든든히 무장을 해본다 하더라도 행동이 없는 이상 갑을흑백을 어떻게 가린단 말인가. 참으로 웃을 수 있는 사람은 웃어보라고 다시 청해 보고 싶다. 우울을 말할 때가 아닐는지는 모르나 때때의 생활의식의 저조에는 너무도 절실함이 있다.

할 바를 모르는 것이 아니라 길이 없는 것이다. 여기에 좀체 구하기 어려운 저미의 근인(根因)이 있기는 있는 것이나 그러나 그렇다고 허구한 날 상을 찌푸리고만 지낼 수도 없는 노릇이니 가까운 손잡이를 잡고 억지로라도 플래토를 정복하고 식물 이하의 무기력에서 식물 이상의 행(行)의 생활로 애써 솟아올라야 할 것이다. 적어도 육십 옹에는 지지 말아야 할 것이니 그의 생활의 법도와 행의 신조를 알뜰히 배워 자신의 행(行)의 영위를 생색 있고 보람 있게 하려고 힘씀이 옳은 길이 아니면 안 된다. 미의식을 왕성히 북돋아야 할 것은 물론이요 그것을 넘어 먼 광명이나마 아련히 바라보려고 애써야 할 것이다.

나는 가끔 지난해 가을의 하루를 마음속에 떠올리고 그것을 생각할 때마다 한 줄기의 생기를 느끼곤 한다. H에게 끌려 근교의 고적(古蹟)지대에서 보낸 늦은 가을의 반일—아마도 그때 나는 마침 생활의 플래토의 시기에 걸려 있었던 탓인지 웬일인지 그 반일이 의외에도 큰 뜻을 가지고 마음을 사로잡은 까닭에 그 반일을 소설로 표현해 보려고까지 생각했던 것이다. 고적지대에 가서 폐허를 돌아보고 사진을 찍고 옛날을 생각하고 감회에 잠기고 기왓장을 줍고 한 정도의 행(行)쯤에 그다지 감격할 것이 있느냐고 비웃음을 받을는지도 모르나 중요한 것은 그 동무의 진지한 태도인 것이다. 그가 그 반일 이전에 어떻게 지냈으며 반일 이후의 열정이 어느 정도로 지속되는지는 알 바도 아니고 문제도 아니며 다만 그 반일에 보인 그 열정 그것만으로도 나의 마음을 울리기에 족하였던 것이다. 그 열정의 내용과 종류와 방향 여하를 시비함은 어리석은 일이니 흡연(翕然)한 일반적 침체 속에서 그만한 열정도 귀한 것임을 알아야 한다.

그날 오후 그 전날 기차로 왔다는 동무의 돌연한 방문을 받고 잠간 동안 잡담을 건네다가 권고에 그를 쫓아 나가 모란대의 수풀 속을 지나 흥부리를 거쳐 산 위 고적지에 이르렀을 때까지도 나는 다만 산보의 뜻인 줄만 알았다. 그때까지의 그를 나는 다만 한 사람의 저널리스트로 알고 음악비평가로 기억하였을 뿐이므로 고적 연구차로 그곳을 찾은 줄은 미처 짐작할 수 없었던 까닭이다. 그의 속뜻을 차차 나에게 알리게 한 것은 그의 심상치 않은 열심스런 태도였다.

그곳 일대의 토성이 천 삼사백 년 전 고구려 장수왕의 도읍하였던 뒷자취라는 것도 물론 나에게는 초문이었으나 그의 가지가지의 전문적 설명은 오로지 나를 놀라게 하고 눈을 다시 뜨게 하였다. 돌을 집어 올려 모양을 살피고 기와를 집어 올려서는 무늬를 연구하였다. 기괴의 느낌을 마지못한 것은 풀을 뜯어 굵은 새끼를 바로 꼬고 외로 꼬아서는 기와의 무늬에 맞춰보는 것이었으니 그것으로써 옛날 종족의 유별(類別)을 가릴 수 있다는 설명을 듣고 그 간단한 거동에도 나는 가볍게 감탄하는 수밖에는 없었다. 연구의 주제는 그때의 종족이 어느 방향으로 몰려왔는가의 점에 걸려 있어서 그는 허다한 설명을 아끼지 않았으나 고고학에 대하여 백지인 나에게는 그 많은 지식을 완전히 새겨들을 힘이 부침을 어쩌는 수 없었다. 다만 저무는 해를 붙들어서 조급하게 성지(城址)의 모양을 사진에 수습하고 밭 기슭에 섰을 때에 나에게는 스스로 다른 감회가 솟아올랐다. 밭 기슭에는 소와 산양이 매어 있고 초가에서는 저녁 연기가 솟아올랐다. 유유한 강산을 굽어보고 옛 종족의 후예임이 틀림없을 마을 주민의 생활을 생각하고 다시 옛일을 추상할 때 스스로 유구한 역사의 감회가 유연(油然)히 솟아 동무의 하는 일의 속도 그렇듯이 짐작되고 거기에 새삼스럽게 한 뜻을 발견할 수 있었다.

한 닢의 기왓장을 기념으로 논아서 받아가지고 같이 산을 내려와 마을을 지나 벌써 어두워가는 긴 등을 느릿느릿 걸어서 요양원께에 이르렀을 때에 그 섬돌 위에 벗어 놓인 초록빛 하이힐의 아름다운 모양을 멀리서 바라보고 보지 못한 그의 주인공을 상상하고 타진하고 짐작하면서 그 실없는 짓에 껄껄 웃으며 일종의 멋대로의 애정(哀情)을 그 파랑 구두의 임자에게로 보냈으니 그것은 그

유쾌하였던 반일의 한줄기 아름다운 여운인 셈이
었다.

—《조선일보》, 1937. 5. 4~8.

화초 1

무슨 꽃이 제일 좋으냐 물을 때 이 '제일'이 가장 대답하기 곤란하다. 미인들을 늘어세우고 누가 제일 마음에 드느냐 묻는다면 조금도 후회 없을 무근(無瑾)한 대답을 할 사람이 드물 것과도 마찬가지다. 장미를 제일이라고 대답할 사람이 튤립이나 카네이션의 여태(麗態)를 보고 야릇한 뉘우침이 없을 것인가. 노방의 왜소한 한 포기 채송화에겐들 마음을 혹하지 않을 것인가. 다 좋은 것이다. 꽃에 관한 한 공연한 투정을 부리고 기호를 까다롭게 선언함같이 어리석은 짓은 없다. 꽃에 관한 한 일원적 귀결(歸結)의 필요는 없는 것이며 박애주의가 반드시 취미의 범속됨의 좌증(左證)도 아닌 것이다.

마음이 잔뜩 가스러져서 그른 것을 보나 좋은 것

을 보나 반드시 한 마디 이치를 캐고 공격을 해야
만 마음이 시원한 현대인의 교지(狡智)에 대해 화초
애(花草愛)의 순진성이 하나의 교정역(僑正役)이 되기
를 바란다. 왜곡된 교지 앞에 무엇인들 아름답고
좋은 것이 있으랴. 다 흠이 있어 보이고 차지 않아
보인다. 아름다운 것을 헐어보고 완전체를 바늘 끝
으로 따짝거려 흠을 발견해 내기란 누구나 할 수
있는 가장 쉬운 노릇이다. 그러나 슬픈 일인 것이
다. 그런 말초적(末梢的) 교지란 제 스스로를 불행하
게 만들 뿐이다. 그릇된 산문정신으로 행여나 마음
의 순결성까지를 몽탁 잃지 말 것이다. 솔직하게 감
동할 수 있는 마음만이 참된 대지(大智)를 낳는다.
화초를 바라보고 바보같이 감동할 수 있는 심청을
배움이 좋다―고 생각한다.

카카리아를 오륙년째 심어 오는 것은 이 꽃이
제일이라고 생각한 탓은 아니나 그러나 또 장미
같은 꽃보다 못하다고도 생각지 않는 까닭이다.
일년생의 초목이요 초본과의 꽃으로 세상의 화당
(花黨)은 그다지 귀하게 치지는 않는 것이나 카카
리아의 감각은 버릴 수 없이 아담한 것이다. 신선

한 잎새가 식욕을 느끼게 하고 가느다란 대궁 위에 점점이 피는 붉은 꽃은 여인의 파자마의 보들보들한 붉은 단추를 생각케 한다고 할까. 왕가새(薊)의 일종으로 말하자면 그것의 양종(洋種)이다. 야생의 거칠고 빛도 변변치 못한 왕가새에 비길 바가 아니다. 깨끗하고 선명하고 조금 화려한 것이 뭇 꽃 중에서 가히 상줄 만하다. 푸른 꽃—가령 시차초(矢車草) 등속도 좋으나—속에 이 꽃을 섞어 심어 가을 늦게까지 그 붉고 푸른 대조를 바라봄은 유쾌한 일이다. 나는 이 꽃을 내 집 뜰 이외에서는 본 적이 없다. 아마 이 종자의 보지자(保持者)는 이 고장에서는 나 혼자일는지도 모른다. 절종(絕種)을 겁내 가을이면 반드시 씨를 받아서는 간직해 내려오는 중이다. 소설책을 낼 때 화가 C는 장정에 이 꽃의 모양을 뜨려고 화첩을 가지고 와서 여러 장의 세밀한 스케치를 해 갔다. 결국 쓰이지는 않았으나 언제나 한 번 이 꽃의 찬(讚)을 쓰고자 한다.

나무꽃도 좋기는 하나 좁은 뜰을 치장하는 데는 역시 일년생의 초본화가 적당한 듯하다. 평범은 하나 나는 해마다 심는 그 꽃 그대로를 계속해 온다. 카카리아에 프록스 샐비어 프리무라 시차초 애스터 등속을 족생(簇生)시킨다. 흰 꽃이 피는 장미와 라일락은 되려 이를 옮겨 뜰 구석쟁이로 귀양 보내고 말았다.

맨스필드는 단편 속 여주인공으로 하여금 라일락은 꽃이 아니라고 말하게 했다. 나도 동감이다. 향기가 좋을 뿐이지 훌륭한 꽃이 못된다. 담자색의 빛깔은 그윽하다느니보다는 우울하고 첫째 꽃의 모양이 분명하지 못하다. 맺힌 데가 없고 난잡하게 헤벌어져서 꽃의 옳은 모양을 잃어버렸다. 품(品) 있는 꽃의 할 짓이 아니다.

진홍의 줄기장미를 심어 뜰에 문을 만들어 보았으면 하는 생각은 있어도 나무꽃을 심어보고 싶은 욕심은 없다. 잡초 속에 키 얕은 화초 우거진 것이 가장 운치 있는 것이다. 뜰 한구석에 고사리 포기나 우거지고 도라지꽃이나 사이사이에 피어 있다면 여름 화초의 아취 그에 지남이 있을까.

—「수필 녹음독본(綠蔭讀本)」, 《인문평론》, 1940. 8.

화초 2

꽃가게에서 꽃을 사들고 거리를 걸으면 길 가던 사람들이 누구나 다 그 꽃묶음을 부럽게 바라본다. 나는 사람들의 그 눈치를 아는 까닭에 꽃을 살 때에는 반드시 넓은 종이에 묶음을 몽땅 깊게 싸도록 꽃주인에게 몇 번이고 거듭 청한다. 그러나 요새는 종이가 귀해서 길거리에의 꽃장수는 물론이요 큼직한 꽃가게에서도 전에는 파라핀지나 그렇지 않으면 특비(特備)의 포장지에다 싸주던 가게에서도 신문지를 쓰기로 되었고 그것조차 넓은 것을 아껴서 좁은 토막 종이로 대신하게 되었다. 아무리 잘 싸달라고 졸라도 대개 꽃송이는 밖으로 내 드리우게 밖에는 되지 않는다. 자연 사람들의 시선을 받게 된다. 전차를 타도 보도를 걸어도 사람들은 염치없이 꽃묶음에 눈을 보낸다. 아이들은 그 한 가지를 원하기까지 한다. 꽃을 사람에게 보임이 조금도 성가시거나 꺼릴 일은 아닌 것이나 번거로운 시선을 한 몸에 받게 됨이 결코 유쾌한 일은 못된다. 고집스런 눈을 받을 때에는 귀치 않은 생각조차 든다.

그러나 이는 반가운 일이다. 사람들은 꽃을 사랑하는 것이다. 보기를 좋아하고 가지기를 원하는 것이다. 그것이 누구의 것이든 그 아름다움에 무의식중에 눈을 끌리우게 되고 염치없이 바라보게 되는 것이다. 아름다운 까닭으로이다.

꽃을 좋은 줄 모르고 짓밟아 버리고 먹어 버림은 도야지뿐이다. 도야지는 꽃을 사랑할 줄 모른다. 도야지만이 꽃을 사랑할 줄 모른다.

세상의 뭇 예술가여 안심하라. 사람들은 누구나 꽃을 사랑할 줄 알고 아름다운 것을 분별할 줄 아는 것이다. 이 천성은 변할 날이 없을 것을 단언해도 좋다. 도야지에게까지 꽃을 알리려고 하지 않아도 좋은 것이며 그 노력이 실패되었다고 슬퍼할 것도 없는 것이다.

《대조(大朝)》의 D 씨가 하룻밤, 꽃묶음을 들고 찾아왔다. 처음 방문이라 선물로 가져왔던 모양이었다.

해바라기 간드랭이 야국(野菊) 야란(野蘭) 등의 길게 꺾은 굉장히 큰 한 묶음이다. 신문인이라 신문지쯤 아낄 것 없다는 듯이 사면전폭(四面全幅)에 싼 것이나 오히려 종이가 좁다는 듯 꽃은 화려한 반신을 지폭(紙幅) 밖으로 드러내고 있다. 그것을 심을 화병은 세상에 없을 법하다. 회령자기(會寧磁器)인 조그만 물빛 항아리를 내다가 꽂으니 그 화용(華容)이 거의 창의 반면을 차지하게 되었다.

"뜰의 것을 꺾어 왔답니다."

나는 그 말에 놀랐다. 그의 집 뜰이 얼마나 넓은지는 모르나 그도 도회인이라 가게에서 오히려 사들여야 할 처지에 뜰 어느 구석에서 그 많은 꽃을 아끼지 않고 꺾어 냈단 말인가. 그 흐붓한 가지가지의 꽃을 꺾어낼 때 조금도 아까운 생각이 없었단 말인가.

"원 저렇게 많이 꺾어 내다니."

"워낙 흔하게 피어 있으니까요."

그때 방에는 조그만 화병에 코스모스와 시차초(矢車草)의 한 묶음이 꽂혀 있었으니 물론 거리에서 사온 것이었다. 집에도 코스모스 시차초 뿐이 아니라 프록스 샐비어 금잔화 백일홍 봉선화 등이 피어는 있다. 그러나 나는 그 한 송이도 꺾어 내기를 아껴한다. 병에 꽂는 것은 대개 밖에서 사온다. 아이들이 꽃 한 송이를 다쳤다고 얼마나 호되게 꾸짖고 책망하는지 모른다.

D 씨가 꽃을 사랑하지 않을 리는 만무한 것이요 사랑하니까 선물로도 가져온 것임을 아는 것이나 흔하게 피어만 있으면 그렇게 듬뿍 꺾어낼 수 있는 것인지 어쩐지 나는 그의 그 대도(大度)의 아량이 부러워 견딜 수 없다. 한꺼번에 그렇게 듬뿍 꺾어내고도 아까워하지 않는다니!

내게 만약 수백 평의 뜰이 있어 그 속에 백화가 지천으로 피어 있다고 치더라도 나는 동무에게 선사할 때 그 값어치를 거리에서 사가면 사갔지 뜰의 것을 꺾어낼 성부르지는 않다.

나는 욕심쟁이인 것인가, 인색한인 것일까.

―《조광》, 1940. 9.

화초 3*

　가을 양기(陽氣)는 지나쳐 센 모양인지 뜰의 화
초가 벌써 조금씩 시들어가는 것이 안타까웁다.
비 뒤이면 그렇게도 무성해서 가위를 들고 군잎
을 속닥속닥 잘라내지 않으면 안 되던 것이 지금
엔 잘라 낼 여유는커녕 제물에 시들어지고 없어져
간다. 그 변해가는 양을 볼 때 더욱 귀엽고 사랑스
럽다. 화초도 어느 시절보다도 가을에 한층 아름
다운 모양이다. 마치 나뭇잎이 우거졌을 때보다도
단풍이 들고 낙엽이 질 때가 가장 아름답듯이.

　그다지도 찬란하던 샐비어가 하루아침에 눈
에 뜨일 만큼 훌쭉하게 잎이 시들어지고 꽃 이삭

---

* 이 글이 《新天地》(1947.9)에 게재되었을 때 편집자는 서두에 "이
　수필은 고 이효석 씨의 미발표유고이다."라는 구절을 달았다. 그
　러나 집필 연대는 알 수가 없다.

이—흡사 들깨같이 이삭에 꽃이 송이송이 달린다.—아래에서부터 누렇게 말라갔다. 봉선화는 씨만이 튀어져 날으고 플록스도 잡초속에 녹아 버린 듯이 자태가 없어졌다. 프리뮬라와 카카리아는 어지간히 목숨이 질겨 여름철 다른 꽃들과 함께 우거지기 시작한 것이 맨 나중까지—지금까지 여전히 차례차례로 봉오리가 피어난다. 이 꽃들이 있는 까닭에 뜰은 아직도 화려한 맛을 잃지 않고 있다. 또 한 가지 정정한 것에 부용(芙蓉)이 있다. 북경에서 얻어 온 진종(珍種)이라고 해서 동무가 봄에 두 포기 노나 준 것이 여름동안에 활짝 자라나면서 지금엔 키가 나보다도 크다. 빛은 담황색이나 흡사 촉규화 같은 모습에 꽃도 하루 꼭 한 송이씩 차례차례로 날마다 피어 올라간다. 그 한 송이의 생명은 꼭 하루 동안이다. 아침에 활짝 펴진 함박 같은 송이는 저녁 무렵이면 벌써 오므려져서 추잡한 꼴을 보이게 된다. 한 송이 한 송이의 명맥(命脈)은 짧다고 해도 그런 송이가 한 대궁에 무수히 준비되어 있는 까닭에 결국 그 한 포기 전체의 목숨은 긴 셈이다. 아직도 남은 봉오리가 많다. 첫 서리나 와서 화단의 판이 몰싹 주저앉게나 될 때에야 부용도 완전히 시들어 버릴 것이다. 목숨이 긴 것이 꽃의 흠이 아니라 장점의 하나라고 볼 수밖에는 없다. 지나쳐 단명한 꽃은 어처구니없고 가엾기 때문이다.

장미의 진짬 생명은 한 시간이라고들 한다. 즉 꽃이 피어서 질 동안까지의 가장 아름다운 시간은 단 한 시간이라는 것이다. 그 한 시간이 지나면 벌써 향기도 적어지고 빛깔도 변해져서 지상미(至上美)의 절정은 지났다는 것이다. 그때는 벌써 꽃이되 꽃이 아닌 것이며 형해(形骸)만을 남겼을 뿐이지 진미(眞美)는 지났다는 것이다. 미(美)의 시간은 얼마나 엄격하고 어처구니없고 애달픔이랴. 비단 장미뿐이랴. 모든 꽃이 그러할 것이다. 비단 꽃뿐이랴. 사람의 미 또한 그러할 것이다. 비단 사람뿐이랴. 세상의 모든 것이 역시 그렇지 않을까. 생각해 보라. 청춘의 자랑이 꼭 한 시간의 것이라면 여인의 미가 평생 꼭 한 시간에 끝나는 것이라면— 이 얼마나 두렵고 안타까운 일인고.

고래의 시인으로서 미의 멸망을 탄식하고 원망

하지 않은 이 한 사람이나 있으랴. 꽃이 왜 금시 시들고 구름이 왜 금시 꺼지고 무지개가 왜 금시 사라지며 사랑이 왜 젊음을 잃으며 영감(靈感)이 왜 쉽사리 달아나나—애닯게 탄식한 나머지 조물주에게 물으니 "나는 멸(滅)할 숙명을 가진 자를 미(美)로 작정했노라"고 주(主)는 시인에게 대답하지 않았던가. 미는 본연적(本然的)으로 멸망의 숙명을 지고 온 것이다. 탄식한들 기도한들 어찌 그를 막아내는 재조 있으랴.

요행 장미의 한 시간의 미를 참으로 옳게 바라보고 찾아내고 감상할 수 있음은 장미 재배에 수십 년의 조예를 가진 전문가라는 것이다. 자여(自餘)의 사람은 그 한 시간을 오산(誤算)하고 피어있는 동안에 장미는 어느 때나 일반으로 아름답거니 하고만 바라본다는 것이다. 피어서부터 시들 때까지를 다 같이 한 눈으로 감상하고 즐긴다는 것이다. 그러나 이것은 다행한 일이다. 그 누구나 모두가 단 한 시간만을 본다면 나머지 시간은 얼마나 삭막한 것이 되랴. 나도 어쩌다 전문가가 안 되고 이 자여의 축 속의 한사람 된 것을 그지없이 행복스럽게 여긴다. 장미뿐이 아니라 무슨 꽃이든지 간에 시들어 버릴 때까지 공들여 바라보려는 것이다. 한 시간을 보고 버리기는 너무도 아까웁다. 꽃뿐이랴. 여인이나 정물(靜物)이나 세상의 모든 것의 미를 때때의 변화를 따라 샅샅이 들춰내려는 것이다. 그럼이 참으로 미(美)를 사랑하는 터가 될 터이므로.

—〈신추수필(新秋隨筆)〉《新天地》, 1947. 9. 17.

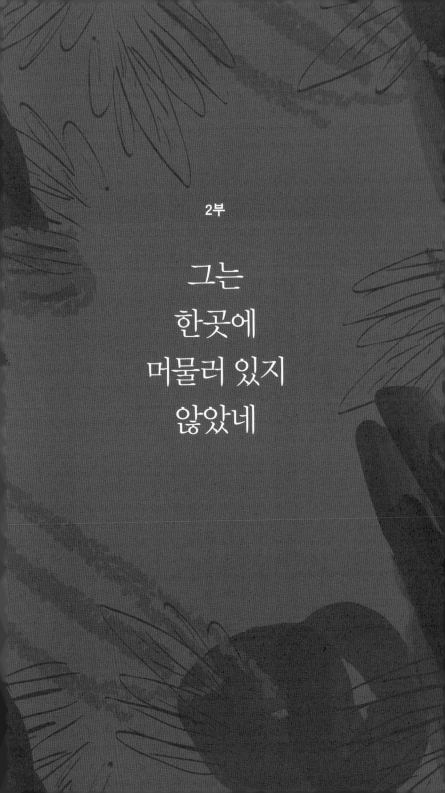

2부

그는
한곳에
머물러 있지
않았네

유경식보(柳京食譜)

　평양에 온 지 사년이 되나 자별스럽게 기억에 남는 음식을 아직 발견하지 못했습니다. 생활의 전반 규모에 그 무슨 전통의 아름다움이 있으려니 해서 몹시 눈은 살피나 종시 그런 것이 찾아지지 않습니다. 거처하는 집의 격식이나 옷맵시나 음식 범절에 도시 그윽한 맛이 적은 듯합니다. 이것은 평양사람 자신도 인정하는 바로 언제인가 평양의 자랑을 말하는 좌담회에 출석했을 때 들어 보아도 그들 자신으로도 이렇다 하는 음식을 못 들었습니다. 가령 서울과 비교하면—감히 비교할 바 못 되겠지만—진진하고 아기자기한 맛이 적고 대체로 거칠고 담하고 뻣뻣스럽습니다. 잔칫집 음식도 먹어 보고 요정에도 올라 보았으나 어디나가다 일반입니다. 요정에 올라서 평양의 진미를 구하려 함은 당초에 그른 일이어서 평양의 진미는커녕 식탁에 오르는 것은 조선음식이 아니고 정체 모를 내외 범벅의 당치 않은 것들 뿐입니다. 그리고 음식상이라기보다는 대개가 술상의 격식입니다. 술을 먹으러 갈 데지 음식을 가지가지 맛보러 갈 데는 아닙니다. 차라리 요정보다는 거리의 국수집이 그래도 평양의 음식을 자랑하고 있는 성싶습니다.

평양냉면은 유명한 것으로 치는 듯하나 서울 냉면만큼 색깔이 희지 못합니다. 하기는 냉면의 맛은 반드시 색깔로 가는 것은 아니어서 관북(關北) 지방에서 먹은 것은 빛은 가장 검고 칙칙했으나 맛은 서울이나 평양 그 어느 곳 것보다도 나았습니다. 그러나 평양 온 후로는 까딱 냉면을 끊어버린 까닭에 평양냉면의 진미를 아직 모르고 있습니다. 그렇다고 다시 시작해볼 욕심도 욕기(慾氣)도 나지는 않습니다. 냉면보다는 되려 온면을 즐겨해서 이것은 꽤 맛을 들여 놓았습니다. 그러나 이것도 장국보다는 맛이 윗길이면서도 어복장국보다는 한결 떨어집니다. 잔잔하고 고소한 맛이 없고 그저 담담합니다. 이것이 평양 음식 전반의 특징입니다만 육수 그릇을 대하면 그 멀겋고 멋없는 꼴에 처음에는 구역이 납니다. 익숙해지면 차차 나아는 가나 설렁탕이 이보다 윗길일 것은 사실입니다.

친한 벗이 있어 추석이 되면 노티를 가져다 줍니다. 일종의 전병으로 수수나 쌀로 달게 지진 것입니다. 너무 단 까닭에 과식을 할 수 없는 것이 노티의 덕이라면 덕일 듯합니다. 나는 이 노티보다도 차라리 같은 벗의 집에서 먹은 만두를 훨씬 훌륭한 것으로 생각합니다. 호(胡)만두보다도 그 어떤 만두보다도 나았습니다. 평양의 자랑은 국수가 아니고 만두여야 할 것 같습니다.

동무라면 또 한 동무는 이른 봄에 여러 차례나 손수 간장병과 떡주발과 김치 그릇을 날라다 주었는데 이 김치의 맛이 일미여서 어느 때나 구미가 돌지 않을 때에는 번번이 생각납니다. 봄이언만 까딱 변하지 않는 김치의 맛―시원한 그 맛은 재찬삼미(再讚三味)해도 오히려 부족합니다. 대체로 평양의 김치는 두 가지 격식이 있는 듯해서 고추양념을 진하게 하는 것과 엷게 하는 것이 있습니다. 거의 소금만으로 절여서 동치미같이 희고 깨끗하고 시원한 것—이것이 그 일미의 김치인데 한 해 겨울 그 동무와 몇 사람의 친구와 함께 휩쓸려 늦도록 타령을 하다가 곤드레만드레 취한 김에 밤늦게 그 동무의 집으로 습격을 가서 처음 맛본 것이 바로 그 김치였던 것입니다. 단 두 간밖에 안 되는 방에 각각 부인과 일가 아이들이 누워 있었던 까닭에 동무는 방으로는 인도하지 못하고 대문 옆 노대(露臺)에 벌벌 떠는 우리들을 앉히고 부인을 깨워 일으키더니 대접한다는 것이 찬 김치에 만 밥, 소위 짠지밥(김치와 짠지는 다른 것임을 평양에서는 일률로 짠지라고 일컫습니다)이었습니다. 겨울에 되려 아이스크림을 먹는다더니 찬 하늘 아래에서 벌벌 떨면서 먹은 김치의 맛은 취중의 행사였다고는 해도 잊을 수 없는 것입니다. 북쪽일수록 음식에 고초를 덜 쓰는 모양인데 이곳에서 김치를 이렇게 싱겁게 담그는 격식은 관북지방의 풍습과도 일맥 통하는 것이 있습니다. 요새 의학박사 양반이 고초가루의 해독을 자꾸만 일러주는 판인데 앞으로의 김치는 그 방법에 일대 개혁을 베풀어 이 평양의 식을 따르면 어떨까 합니다. 나는 가정의 주부들에게 이것을 적극적으로 권하고 싶습니다. 단지 의학박사가 아닌 까닭에 잠자코 있을 뿐입니다.

잔칫집에서 가져오는 약과와 과줄은 요릿집 식탁에 오르는 메추라기알이나 갈매기알과 함께 멋없고 속없는 것입니다. 약과는 굳고 과줄은 검습니다. 다식이니 정과니 하는 유는 찾을래야 찾을 수 없습니다. 없는 모양입니다.

중요한 음식의 하나가 '야끼니꾸'인데 고기를 즐기는 평양 사람의 기질을 그대로 반영시킨 음식인 듯합니다. 요리법으로 가장 단순하고 따라서 맛도 담백합니다. '스끼야끼'같이 연하지도 않거니와 갈비같이 고소하지도 않습니다. 소담한 까닭에 몇 근이고 간에 양을 사양하지 않는답니다. 평양 사람은 대개 골격이 굵고 체질이 강장하고 부한 편이 많은데 행여나 야끼니꾸의 덕이 아닌가 혼자 생각에 추측하고 있습니다. 다만 야끼니꾸라는 이름이 초라하고 속되어서 늘 마음에 걸립니다. 적당한 명사로 고쳐서 보편화시키는 것이 이 고장 사람의 의무가 아닐까 합니다. 말이란 순수할수록 좋은 것이지 뒤섞고 범벅하고 옮겨온 것은 상스럽고 혼란한 느낌을 줄 뿐입니다.

마지막으로 어죽을 듭니다. 물고기 죽이란 말이나 실상은 물고기보다도 닭고기가 주장이 되는 듯합니다. 닭과 물고기로 쑨 흰 죽을 고추장에 버무려 먹습니다. 여름 한철의 진미로서 아마도 천렵의 풍습의 유물로 끼쳐진 것인 모양입니다. 제철에 들어가 강놀이가 시작되면 반월도(半月島)를 중심으로 섬과 배 위에 어죽놀이의 패가 군데군데에 벌어집니다. 물속에서 철벅거리다가 나와 피곤한 판에 먹는 죽의 맛이란 결코 소홀히 볼 것이 아닙니다. 동해안 바닷가에서 홍합죽이라는 것을 먹은 적이 있는데 그 조개로 쑨 죽과는 맛이 흡사한데다가 양편 다 피곤한 기회를 가린 것이라 구미 적은 여름의 음식으로 이 죽들은 확실히 공이 큰 듯합니다.

—《여성》, 1939. 6.

낙랑다방기

운동부족이 될까를 경계해서 학교에서 나가는 시간을 이용해 다방까지 걸어가고 다방에서 다시 집까지 걸어가는 이 코스를 작정하고도 날씨가 추워지기 시작하면서부터는 여행(勵行)의 날이 차차 줄어져간다. 집에서 학교까지 십 분, 학교에서 다방까지 이십 분, 다방에서 집까지 삼십 분가량의 거리─이만큼만 걸으면 하루의 운동으로 족하리라고 생각한 것이다. 동경서 온 소설 쓰는 이에게서 일일 두 시간 산보설을 듣고 착상한 계획이었으나 그의 반인 한 시간 산보도 여의치 못한 것이다.

다방에를 간다고 해도 오후 네 시 전후 시각에는 먹을 것도 만만치 않다. 반지빠른 때라서 이 시각에 배를 채우면 저녁이 맛없어 진다. 커피에다

핫케이크나 먹고 나면 저녁 구미는 아주 똑 떨어져 버린다. 공복에 커피는 위험한 것이나 홍차를 마시자니 향기 없는 뜨물이 속에 차지고 레몬스퀴시를 마시자면 날마다의 음료로는 지나쳐 사치하다. 대체 요새의 다방이라는 것이 커피의 미각에는 섬세한 주의를 베풀면서도 홍차는 아주 등한시해버린다. 홍차의 진의라는 것은 립톤의 새 통을 사다가 집에서 우려 내는 근근 수삼 일 동안에 있는 것이지 아무리 저장에 주의해도 그 시기를 지나면 풍미는 완전히 달아나버린다. 호텔에서 먹는 것이나 다방에서 청한 것이나 집에서 우린 것이나 다같이 들큼한 뜸물이 되어 버리고 만다.

평양에 다방이 생기기 시작한 것이 요 수년간의 일이다. '히노토리'와 '마주르카'만이 있을 때에는 적막의 감이 없지 않더니 별안간 올을 잡아들면서 '야마토' '세르팡' '브라질'의 세 집이 우후의 죽순같이 솟아나 다객의 목을 적시어 주게 되었으나 아직도 그 어느 곳이나 설비, 의장 등 부족한 점이 많다. 들으니 연내로 또 두 집이 생긴다는 소식이다. 그렇게 되면 합 일곱 곳의 다방이 앉는 셈으로

일 년 동안에 이렇게 수다스럽게 늘어가는 장사는 이 외에 볼 수 없는 것이나 당업자끼리는 피차에 눈의 적일는지 몰라도 다객(茶客)의 편으로 볼 때에는 다방의 격식도 점점 나아질 터이니 이런 반가울 데는 없다. 일곱 곳 아니라 칠의 칠 배가 는다 하더라도 좋은 것이 각각 특색을 나타내고 풍격을 갖추어간다면 다객의 유별도 저절로 나누어지고 각각 갈 곳이 스스로 작정될 것이다. 사실 지금 같아서는 꼭 가고 싶은 한 곳이라는 것이 아직 없다. 그만큼 모든 범절이 설피다.

음악에 자신 있는 다방은 방안이 휑뎅그레해서 기분이 침착해지지 못하고 안온한 집이라도 찾아가면 음악이 설피고 다랑(茶娘)있는 곳에 들어가면 언제나 속배(俗輩)가 운집해 있고─도무지 마땅한 곳이 없다. 그러나 역시 음악을 안목에 두고 '세르팡'을 찾는 것이 가장 유익한 듯하다. 네 시 전후면 다객의 그림자가 삐일 뿐 아니라 때로는 혼자 앉게 되는 적도 있다. 차 한 잔을 분부하고 삼사십 분 동안 앉아 있노라면 웬만한 교향악 한 편쯤은 완전히 들을 수 있다. 차이코프스키의 〈파테티크〉

도 좋고 베토벤의 트리오 〈대공〉 같은 것도 알맞은 시간에 끝난다. 대곡(大曲)이 너무 세찰 때에는 하와이안 멜로디도 좋은 것이며 재즈음악도 반드시 경멸할 것은 못된다.

어떻든 이 산보의 시각 전후가 다방을 찾기에는 가장 고요하고 적당한 때이지 밤에는 아예 갈 곳이 못되는 것이 사람들이 웅성거리는 데다 까딱하다가는 문하의 학생들을 만나기가 일쑤다. 개중에는 한 탁자에 청해 와도 좋은 사람도 있기는 하나 거개는 저쪽도 거북스럽고 이쪽도 편편치 못하다. 서울서는 학생들의 다방출입을 금한다는 소문이나 평양에는 아직 그런 엄격한 율도(律度)는 서지 않았고 사각모패라야 단 두 교뿐이니 관대하게 취급은 하나 그만큼 그들의 자태는 더 눈에 띄게 되고 한 다방에서 마주칠 때에는 피차에 편안치 못한 느낌을 가지게 된다. 그러기 때문에 차라리 밤에는 다방출입을 삼가게 된다.

다방행(行)에도 이 정도의 조그만 수난은 있는 것이다. 세상에 편편한 일 한 가지나 있으리. 속히 이곳에도 서울만치 다방이 자꾸자꾸 늘어서 좋은

음악 많이 들리고 좋은 차 많이 먹이게 하고 웬만
한 구석목 다방에 들어가서 쯤은 학생의 그림자
눈에 안 띄게 될 날을 기다린다.

—《박문3》, 1938. 12.

고요한 '동'의 밤

경성에서 나남까지는 약 십리의 거리였으나 나는 나남을 문앞 같이 자주 다니게 되었다. 경성의 마을을 사랑하는 한편 나남의 거리도 마음에 든 까닭이었다. 기차로도 다니고 버스로도 달리고 때로는 고개를 걸어 넘기도 하였다. 그곳에 간 지 달포도 못되어 나는 거리의 생활의 지도를 역력히 머릿속에 넣어 버렸다. 빵은 카네코가 제일이요 책자는 북광관이 수수하고 찻거리는 팔진옥에 구비되었고 커피는 '동'의 것이 진짬이라는 것을 횅하게 익혀 버렸다. 빵 한 근을 사러 십 리 길을 타박거릴 때도 있고 커피 한잔 먹으러 버스에 흔들린 때도 있었다. 빈속에 커피를 마시고 버스로 고개를 넘기 같이 위험한 일도 적다. 가솔린 냄새에 속이 훑이고 금시에 뉘역질이 나는 것이다. 나는 견디기 어려운 십 분 동안을 간신히 참으면서 세상에서 제일 싫은 것이 무엇이냐고 물을 때 서슴지 않고 경성과 나남 사이를 버스로 달리기라고 대답할 것을 마음속에 준비하면서 그 지긋지긋한 고생을 꿀꺽 참을 수밖에는 없었다. 그러면서도 그 고맙지 않은 차를 먹으러 또 나남으로 가는 것이다. 차를 먹고 빵을 사들고 고개를 타박타박 걸어 넘는 때가 많았다. 고개는 시절을 따라 자태를 변하였다. 이른 봄에는 휘추리만 남은 이깔나무의 수풀이 자줏빛을 띠고 잔디밭이 보료같이 따뜻하다. 여름에는 바다가 멀리 시원스럽게 내려다보이고 가을에는 고개 밑 능금밭에 익은 송이송이가 전설 속의 붉은 별같이 다닥다닥 나무 사이에 뿌려진 것이 상줄 만하다. 겨울에는 한층 공기가 차고 맑아 눈발이 휘날리는 속을 부지런히 걷노라면 몸이 후끈이 더워져 어느 때보다도 유쾌한 체온의 조화를 준다.

산마루턱에 올라서 바다를 향하여 더운 몸의 물을 줄기차게 깔기노라면 고개 양편의 마을과 거리가 내 것 같은 호돌스런 느낌이 난다.

나남은 넓게 헤벌어진 횡덩그레한 거리였다. 넓은 벌판에 토막집들을 달롱달롱 들어다가 붙여 늘어놓은 듯한—모두가 새롭고 멀쑥한 거리였다. 새로운 지붕과 벽돌에는 묵은 이야기도 없고 으늑한 이끼가 끼어 있을 리도 만무하다. 얄팍한 집안에는 얄팍한 생활이 있을 뿐이었다. 이 거리에 단 하나 운치 있는 것이 있었으니 한 대의 낡은 마차였다. 먼 외국 어느 거리에서라도 주워온 듯한 여러 세기 전의 산물인 듯도 한 검은 고귀한 낡은 마차. 한 필의 밤 빛깔 말이 고개를 의젓이 쳐들고 점잖고 고요하게 마차를 끌었다. 역에서 내린 손님을 싣고—라면 벌써 산문이 되어버리고 마나 안에 탄 사람이 보이지 않게 검은 휘장을 내리고 모자 쓴 늙은 마부가 앞에 앉아 말을 어거하며 고요한 거리를 바퀴 소리를 가볍게 내며 굴러가는 풍경은 보기 드문 아름다운 것이었다. 그 무슨 그윽한 옛이야기를 싣고 그것을 헤쳐 보이는 법 없이 시침을 떼고 의젓이 지나가는 것이다. 애숭이 거리에는 아까운 한 폭의 그림이었다. 나는 거의 경이에 가까운 눈으로 그 한 폭을 무한히 즐겨하였다.

찻점 '동'—이것이 또한 나에게는 중하고 귀한 곳이었다. 그곳을 바라고 나는 거의 일요일마다 십리의 길을 걸었다. 공원 옆 모퉁이에 서 있는 조촐한 한 채의 집—그것이 고요한 '동'—마차와 함께 거리의 그윽한 것의 하나였다. 붉은 칠이 벗겨진 DON의 글자가 밤에는 푸른 등불 밑에 깊게 묻혀 버린다. 나는 이 이름의 유래를 모르나 아름다운 이름으로 기억하게 되었다. 문을 밀치고 들어가면 단간방에 탁자와 의자가 꼭 들어찼다. 벽에는 쉬어러의 얼굴이 붙었다 탈이 걸렸다 하였다. 창의 휘장도 시절을 따라 변하여 여름에는 검은 명사의 커튼이 걸리고 철이 늦으면 아롱진 두툼한 것으로 갈려졌다. 겨울이면 복판에 난로가 덥고 크리스마스 무렵에는 한편 구석에 크리스마스 트리가 신선하게 섰다. 낮이면 사단의 초등병 상등병들이 그 속에 꼭 차는 까닭에 내가 그 속에서 보내는 시간은 어느 때나 밤이어야 한다. 마을로 가는 막차 시간 열 한 시까지의 밤을 그 속에서 지우는 것이었다. 주인은 나중에는 집에서 기른 닭고기를 나에게 대접하고 진을 따라 주게까지 되었다. 커피는 처음에는 마련 없던 것이 거리에 남양에까지 다녀와 커피 맛에 살진 친구가 있어서 그의 권고로 나중에는 모카 자바 믹스트의 세 가지를 구별해서 내게까지 되었다. 굵은 눈송이가 휘날리는 밤을 나는 그 안에서 난로와 차에 몸을 덥혀가며 이야기에 휩쓸리거나 레코드에서 흐르는 〈제 되 아무르J'ai deux amours〉의 콧노래에 귀를 기울이곤 하였다. 적적한 곳에서 나는 나의 감정을 될 수 있는 대로 화려하게 치장함으로써 먼 것을 꿈꿀 수밖에는 없었다. 생활은 재료만이 아닌 것이다. 중요한 것은 그 향기다. 감정 분위기 향기를 뺏길 때 그곳에는 모래만이 남는다. 나는 늘 이 향기를 잃어버릴까를 두려워하며 언제든지 그것을 주위에 만들고야만다. '동'은 그때의 나에게 이 향기를 준 곳이었다. 고요한 곳에서 그 향기를 찾으려고 나는 십리의 밤길을 앞두고 눈 오는 밤을 그 속에서 지우는 것이다. 간간이 레코드 회사 출장원이 내려와 레코드 연주회를 열 때가 있었으니 그것은 늘 귀한 진미가 되었다. 꿈은 한결 풍성하였다.

　물론 주인들과 문학 이야기에 잠기는 수도 있었다. 주인 S와 그의 아내와 처제 T와의 세 사람이 모두 문학에 관하여서는 제법 각각 자신의 의견과 말이 있었다. S는 지방 신문의 기자였으나 호담스런 비위에 연말이면 연대장쯤을 찾아가서 객실에 몇 시간이든지 버티고 앉았다가 기어코 금일봉의 봉투를 우려내고야마는 위인이었다. 그것을 정당한 것으로 주장하고 봉투에 든 액수가 칠십 원밖에는 안 된다고 투정을 내는 위인이었다. 동경서 비비대다가 결국 밀려난 것이었으나 그곳에 뒹굴고 있을 때에는 정당 연설을 하다가 난투 속에 휩쓸려 얻어맞기도 하고 한동안은 좌익 시인 노릇도 해보고 사회운동에 몸을 던져도 보았다가 종시 밀려난 것이었다. 아내는 북국의 광산에서 자라난 광부의 딸이었으니 직업부인으로 산지사방 구르다가 S와 지내게 되었고 지식청년인 처제 T 역 하릴없이 그들을 좇아 나와 거북스런 식객노릇을 하고 있는 판이었다. 동맹휴교를 시도하다가 반대파에게 맞았다는 칼침의 흔적을 자랑삼아 몇 번이든 지 말하고 보이곤 하였다. 그러나 그것은 지나간 꿈의 부스러기요 가가에서는 한다하는 쿡 노릇을 하면서 커피 자랑과 단벌의 빛나는 그의 구두 자 랑을 하는 것이 격에 맞아 보이는 것이었다.

같은 고향 출신의 동경에 있는 몇 사람의 신진 작가 이야기를 비교적 자세히 털어 놓곤 하였다. S는 한 사람의 여류작가와의 연애사건까지 헤쳐 말하였으니 눈치로 보아 그것이 허황한 거짓말만 도 아닌 듯하였다. 그 여류작가는 당시 대잡지에 등장하여 익숙한 단편을 발표하고 있었다. 북국 의 광산의 음산한 공기가 방불하게 나타나 그들 의 지난 생활은 그랬으려니 짐작하기에 족하였다. 어느 때엔지 신문에 발표된 어떤 우익 여류작가의 단편을 칭찬하였을 때 S부인은 대단히 불만한 표 정을 하였다. 놀라운 기술을 말하다가 범연한 그 의 태도에 나는 밑천도 못 찾고 객쩍스런 느낌을 마지못하였다. 그들에게는 철없이 경박하다가도 때로는 확실히 그러한 고집스런 진실한 일면이 있 었다. 거짓 장식만이 아닌 뿌리 깊은 생각이 있었다. 가령 이런 일이 있었다. 연대의 초등병 가운데에도 그들의 고향 가까운 곳 사람들이 많았다. 군영 안에서는 책을 금하는 까닭에 그 중의 몇 사람은 가가를 통하여서 붉은 책을 청하였다. 거리에 나와 읽다가 귀영 시간이 되면 가가에 맡기거나 급할 때에는 길거리 풀밭 속에 버리고 영으로 돌아가는 습관인 것을, 한번은 부주의로 책자를 품에 지닌 채 돌아갔다가 기어코 발각이 난 것이었다. 당사자가 감금을 당한 것은 물론이어니와 책자의 출처가 문제되어 '동'에까지 손이 뻗쳐오고야 말았다. 하루는 T가 돌연히 집으로 찾아와서 그 일건의 전후 곡절을 이야기하고 그 하루 동안 몸을 맡아달라는 연유를 말하였다. 손길을 피하여 있는 중이었다. 그러나 사건 내용도 그렇다는 것이 아니었으나 결국 S가 그의 지위를 이용하여 사면팔방으로 분주히 청을 넣고 하여 T의 일신이 무사히는 되었다. 당사자의 병졸이 군법회의에까지 돌았는지 어쨌는지는 그 후 못 들었으나 확실히 시끄러운 조그만 사건이었다. T에게는 그러한 일면도 있기는 있었다.

'동'에 단골로 다니는 패에 색다른 한 사람의 토목기사와 백화점의 사무원과 거리의 관리와 남에서 돌아온 실업자가 있었다. 토목기사와 사무원은 제법 음악에 대한 소양이 놀라웠다. 청진에 고명한 재즈가수의 연주회가 있었을 때에도 토목기사만은 동행을 한 처지였다. 가족들과 이 모든 사람들이 어울리면 가가 안은 웅성웅성 즐거웠다.

나는 눈 나리는 여러 밤을 그 안에 휩쓸려 막차 시간을 기다리면서 정신없이 시간을 보내곤 하였다. 북국의 눈송이는 유달리 굵다. 그리고 밤의 눈이란 깊은 푸른빛을 띠는 것이다. 창 기슭에 쌓이는 함박 같은 눈송이를 두터운 휘장 틈으로 내다보며 난로와 더운 차에 얼굴을 붉히노라면 감정이 화려하게 장식되고 찬란한 꿈이 무럭무럭 피어올라 가가(假家) 안에 차고 먼 아름다운 것이 눈앞에 보여 오곤 하였다. 그 아름다운 것이 무엇인지는 모른다. 형상도 아무 것도 없는 다만 부연 안개일는지도 모른다. 그 안개가 생활에 대단히 필요한 것이다. 나는 그 안개 속에 많은 밤을 그 안에서 지냈으나 생각하면 다행한 일이었다. 안개 없이는 살 수 없는 까닭이다. 문학도 그 속에서 그것을 찾을 수 있을 때에 한층 생색 있는 것이 된다. 나는 끊임없이 내 주위에 '동'의 안개를 꾸며내고 뱉어 내려고 애쓴다.

—《조광》, 1936. 12.

C항(港)의 일척(一齣)

　생각하지 않아도 저절로 언제든지 마음속에 쉽게 떠오르는 그런 선명하고 충동적인 추억은 평생에 극히 적을 듯하다. 지난 생활과 기억이란 잊혀지기 쉬운 것이며—하기는 커다란 잊음 없이 인생은 살 수 없는 것이나—기쁨도 괴롬도 봉변도 흥분도 마음속에 오래 묵지는 않는다. 지난날의 일기장이 가끔 한 개의 발견이 되고 새로운 인생의 창조같이 보이고 신선한 흥분을 가져옴은 그런 까닭이다. 그러나 나에게는 지금 공칙히 항구의 일기장이 없다. 추억의 제목으로 곰곰이 가방 속을 들출 수밖에는 없다. 풀숲의 밤송이같이 보살펴 찾아야만 눈에 뜨인다. 총중에서 나는 가장 점잖은 한송이를 집어 올린다. 점잖음은 가끔 재미없음을 의미한다. 그러나 인생 그것부터가 결코 재미있는 것이 아니다. 산만한 소재의 의미 없는 연속인 까닭이다. 그 소재가 작가의 손에 의하여 유기적으로 정리되고 배열되고 구성될 때 비로소 재미있는 이야기가 되는 것이다. 그러기 때문에 아무리 변변치 못한 작가의 변변치 못한 소설이라도 그것이 소설인 이상, 소재의 구성인 이상 인생의 그것보다는 훨씬 재미있는 법이다. 그러나 추억의 기록은 구성 아닌 생짜의 소재의 나열이므로 소설적 재미는 처음부터 그 목표가 아닐 법하다.

C항구를 생각할 때 떠오르는 것은 좋은 언덕 위의 무선전신국과 늘어진 안테나의 그물과 골짝의 푸른 지붕과 등대의 흰 탑과 새로 된 부두와 삼천 톤 급의 기선과 외줄의 긴 거리와 거리의 홀과 다시 언덕 위의 호텔과 호텔의 식당……이다. 이것은 굳이 선택된 소재들이 아니라 추억의 가지가지의 내용을 꾸미고 있는 실상의 요소들이다. 전신국의 기사는 언덕 위에서 거리를 굽어보며 바다를 손안에 잡을 듯이 바라보면서 시시로 안테나에 도착되는 연해의 소식과 먼 바다의 동정을 자랑스럽

게 말하였다. 조촐한 화단을 끼고 바다의 진한 배경 속에 솟은 상아탑의 등대에서는 20해리를 비치는 48000촉광의 프리즘의 백열등이 거의 태양과 맞서려 하였다. 바위에서도 다시 십 미터나 솟은 탑 끝은 땅 위의 태양광이었다. 그러기 때문에 등대의 기억은 언제든지 태양과 같이 눈부시게 마음을 비춘다. 새로 꾸며진 부두에는 늘 몇 척의 기선이 대어 있어 다음 항해 준비로 몸에 화장을 베풀고 있었다. 쇠사슬로 부두 돌못에 매어 있는 신세이기는 하나 바다 밖에 들릴 날을 꿈꾸고 명랑한 표정이었다. 등 뒤에서 갈매기는 물과 집적거렸다. 나는 배의 풀리는 날을 보려고 떠나는 기적소리를 들어보려고 대상 없는 테이프라도 던져 보려고 부두 위에 우두커니 서 본 적이 많았다. 그 항구에 있는 그다지 친분도 두텁지 못한 한 사람의 영화인이 별안간 지급의 편지를 보내 제작의 시일이 급박하였으니 원작을 한 편 속히 써 보내 달라고 청하였다. 뱅크롭트가 나오는 종류의 재미있는 항구의 이야기를 꾸며 보려고 그제서야 나는 C항구에 자주 다니며 이야기의 배경될 만한 거리를 보살폈다.

창고 어장 술집 행길……을 충실히 거쳐 보았다. 그러나 영화인에게서는 다시 소식이 없었다. 아마도 물었던 자본주를 놓쳤음이 확실하였다. 마음의 무거운 짐을 벗은 듯하여 차라리 나에게는 시원한 노릇이었다.

그러나 그 모든 기억 속에서 가장 즐거운 것은 호텔에서 먹는 과실─살구 맛이었다. 미각은 가끔 시각보다도 더 선한 인상을 주는 것인 듯하여 그날 밤 호텔 식당에서 먹은 한 접시의 살구의 맛이란 잊기 어려운 귀한 진미였다. 철 아닌 2월에 먹은 개살구 아닌 양살구의 맛인 까닭이었을까.

그날 밤 항구의 극장에서는 바다를 건너온 유명한 재즈 가수의 독창회가 있었다. 미국 출신의 고명한 그 가수는 만주로 연주 여행을 떠난 도중에 항구에 들린 것이었다. 그 특색 있는 이국적 여류 가수의 등장이 항구로서는 드문 호화로운 기대였다. 시절의 인기였다.

나는 R시의 유일의 차점 '동'의 축들과 한패가 되었다. 집에서 R시까지 이십 분, R에서 C까지 사십분─도합 항구까지는 차로 한 시간이 걸렸다. 거리의 등불을 멀리 바라볼 수 있는 저녁 무렵의 드라이브란 유쾌한 것이었다. 한패라고 하여야 '동'의 축들 세 사람과 나와 합 네 사람이었다. 다시 말하면 한 대의 택시에 꼭 맞는 인원이었던 것이다. 부드러운 요동과 흥분으로 택시는 가벼웠다. 항구에 이르렀을 때에는 바로 극장 문 앞까지 차를 들여댈 수 있었다.

'동'의 축―허물없는 친구들이었다. 차점의 이름을 왜 하필 '동'이라고 하였는지는 모른다. 서반아의 귀족 취미를 암시하자는 것이었을까. 그러나 '동'의 취미와 풍채란 무릇 귀족 취미와는 먼 것이었다. 좁은 가가(假家) 안에 자리를 대부분 점령하는 것은 사단의 초년병과 일등졸이었으니까. 거리를 헤매이다가 귀영 시간이 임박한 하등병들은 가가 안이 메어져라 꾸역꾸역 비집고 들어와 더운 차에 황급하게 혀를 데우는 것이었다. 커피 한 잔이라도 즐겁게 마시려면 고요한 밤 기회를 탈 수밖에는 없었다. 젊은 주인은 동시에 삼류급 지방신문 지사의 기자였다. 걱실걱실 말이 헤프고 자랑이 많았으나 그만큼 속은 날탕인―그런 친구였다. 과거에 큰 투사였던 척이 말하였으나 믿을 바 못되고 다만 무산당 선거의 후원연설을 나갔다가 톡톡히 봉변하고 고생하였다는 구절에는 약간의 진실이 보였다. 아내가 광산에서 태어났으므로 처제도 역시 광부의 아들이었다. 교육은 받을 만치 받았으나 할 일 없는 룸펜인 그는 매부를 쫓아 나와 '동'에 기식하여 말하자면 쿡 노릇을 하는 셈이었다. 매부와는 대차적인 성질이나 그러나 말이 헤픈 것은 일반이었다. 학교 때 파업을 지도하다가 반대파에게 등줄기에 칼침을 맞은—기다란 허물이 그의 큰 자랑이었다. 그의 하는 말을 아무 반문과 거역 없이 받아들임으로써 그는 나를 좋은 친구로 여기는 모양이었다. 어떻든 나는 차를 마시기 위하여, 허물없는 이야기를 듣기 위하여 친히 다녔고 그러므로 인하여 또 그들의 친구인 한 사람의 토목기사와도 알게 되었다. 토목기사는 그곳에 올 때에는 온전히 직업을 떠나 그의 직분 외인 음악 이야기와 문학담에 열중하였다. 그러므로 물론 그와도 전혀 사귐의 인연이 없는 것은 아니었다. 그 밤의 한 축이라는 것은 즉 이 토목기사와 신문기자와 그의 아우의 세 사람이었던 것이다.

누렁둥이 죠세핀 베이커는 무대에 피어난 한송이의 그늘의 꽃이었다. 결코 화려하지 않은 조촐한 그늘의 꽃이었다. 그의 노래는 요란한 문명의 노래가 아니라 고향을 그리워하는 안타까운 노스탤지어의 노래였다. 라이트를 받아 젖은 듯이 빛나는 그의 눈은 눈물에 젖은 바로 그런 눈이었다. 허공을 향한 코 다문 입―모든 것이 그의 슬픈 노래를 효과 있게 하기에 족하였다. 흥얼흥얼 코끝을 나꾸는 노랫가락은 그대로가 바로 목 메이게 느끼는 울음소리였다. 스텝을 밟는 부드러운 장단도 마음을 애닲게 간질였다. 그를 보고 듣고 있는 동안 나는 한결같이 마음속에 형상 없는 '고향'을 느꼈다. 잃어진 '고향'이 그리웠다. 무대의 그의 자태는 '고향' 그것과도 같이 그립고 친밀한 것이었다.

이 감정은 극장을 나와 아래편 호텔에 이르러 축들과 함께 식탁을 마주 대하였을 때까지도 좀체 사라지지 않았다. 그런 때에 먹은 맛이기 때문에 그날 밤의 살구 맛은 잊기 어려운 귀한 진미였던가. 달고 아름다운 누렁둥이 살구의 맛―누렁둥이 베이커의 콧노래의 맛―그리운 고향의 맛. 살구의 맛은 바로 고향의 맛이었는지 모른다. 그렇게 아름답고 귀하였을 제는.

재즈 가수의 그날 밤의 노래도 잊기 어려운 것이지만 그 밤의 살구 맛도 잊어지지는 않는다. 그 점에서 C항구도 이제는 그리운 것의 하나가 되었다. 원컨대 다시 그런 살구의 맛을 가질 수 있기를 바란다.

적을 필요도 없는 것이나 그날 밤은 축들과 함께 늦은 차를 세내서 무사히 돌아왔다. 그러나 물론 돌아온 것은 R시까지요 늦밤은 하는 수 없어 나는 '동'에게 하룻밤 신세를 지게 되었던 것이다. 집에 이른 것은 이튿날 아침이었다.

―「그때 그 항구의 밤」, 《조광》, 1936. 8.

산협의 시

　전원 풍경을 그린 천연색 영화를 보고 나오니 시골로 가고 싶은 생각이 무척 동해진다. 아무 때 보아도 좋은 것은 초목과 시냇물의 자태이다. 사람이 반세기를 살아도 한 세기를 산대도 이런 것에는 물릴 날이 없으리라. 초목과 시냇물과 산과 돌과 바다와—언제나 친하고 정다웁게 바라보이는 것이다. 싫증나는 것은 사람의 모임이지 이런 자연물은 아니다.

　지난해에는 대동강에서 철벅거리다가 만주를 다녀오노라고 그리운 산과 바다를 찾지도 못했으나 올해는 반드시 일 년 동안 묵은 정을 풀어보려고 마음 먹고 있다. 몸도 무던히는 상한 것이요 완전한 휴양의 한여름을 가지고 싶은 까닭도 있다. 시골서는 벌써 한 주일 전에 편지가 와서 용현에 아직도 서양인 별장이 남았으니 한 채를 예약해 두라느냐는 것이나 별장만으로는 살 수 없는 것이니 음식의 기관(機關)이 마땅한지 어떤지 해서 아직도 대답을 주저하고 있다. 편지에는 경비 일절 염려 말고 뚝 떠나오라는 것이다. 아마도 가게 될 듯도 하고 적어도 주을에서라도 몇 주일을 묵을 생각이다. 주을과 용현은 바로 인접한 곳으로 산과 바다를 함께 얻을 수 있는 알맞은 피서지이다. 두 곳은 기차로 바로 일역구(一驛區) 거리밖에는 안 된다. 경성과 독진도 가까웁다. 회답을 주저하고 있는 또 한 가지 이유는 그곳으로 피서를 떠나기 전에 올해도 또 한 바퀴 만주를 돌아올까 하는 생각을 가지고 있기 때문이다. 작년에는 수박의 겉만을 핥고 돌아왔으나 올해는 좀 더 자세히 신경 하얼빈 등지를 보고 오려는 것이다.

외래자에게 그렇게 만만히 참된 자태를 헤쳐보일 것 같지는 않은 성격을 띤 곳이기는 하나 거듭 걸어보노라면 그 무엇에 부딪칠 수 있으리라고도 믿는다.

신경(新京)이니 하얼빈이니가 그다지 신선한 거리가 아니다. 각각 아름다운 일면의 풍모를 가지고는 있으나 전체적 인상은 지저분하다. 무엇보다도 사람의 씨가 너무 많고 따라서 천하게 보인다. 입을 것 못 입고 먹을 것 못 먹고 거리에서 와글와글 끓는 꼴은 그대로 개미 떼나 파리 떼로 보이지 그 이상 귀하게도 신령스럽게도 보이지는 않는다. 그런 떼가 한 무더기 뭉턱 그 자리로 감해 버린대도 눈물 한 방울 날 것 같지 않다. 때로 인간을 천하게 보고 멸시해봄도 뜻 없는 일은 아니다. 만주여행의 소득은 바로 이것이다.

마음속에 시를 원하면서도 한편 무더운 산문 속에 잠겨 보려함은 웬일일까. 시심과 산문정신과는 바로 아래 위 번지에 사는 가장 가까운 일가인가.

마음속에는 시인과 산문가가 함께 살고 있는 것인가. 만주의 도회에서 얻은 얼크러지고 더럽혀진 산문의 페이지를 피서지 그늘에서 씻어버리고 헤어 버릴 것이다. 시를 생각함으로 산문을 한층 보람 있게 할 것이다.

지금 내 마음 속에 오르는 것은 사람의 웅성거

리는 도회의 골짜기와 백양이 나부끼는 산협의 골짜기와의 겹쳐진 풍경이다. 둘 다 가장 자연스럽게 한꺼번에 떠오른다. 두 가지가 아주 다른 것임으로서 내 마음이 괴로울 것도 없다. 도리(道理)의 아편굴이 얼마나 무더울 것과 같이 동해의 물결이 얼마나 푸르며 산협의 백화(白樺)와 백양은 얼마나 깨끗할 것인가 지금.

—「산에 부침」, 《조선일보》, 1940. 7. 30.

주을(朱乙)의 지협(地峽)

똑바로 치어다보기 외람한 성모의 옷자락 같은 푸른 하늘에 물고기 비늘 양(樣)으로 뿌려진 조각구름의 떼—혹은 바닷가 모래밭에 널려진 조개껍질을 그대로 거꾸로 비추어 낸 듯도 한 하늘바다의 조각구름의 떼—세상에서 가장 아름다운 것을 찾을 때 서슴지 아니하고 그것을 들 수 있는 그 아름다운 구름의 떼는—한 때라도 마음속에서 잊어진 일 있던가.

고달픈 마음을 풍선같이 가볍게 하여 주는 것은 그 구름이어늘.

가벼운 바람에도 민첩하게 파르르 나부끼는 사시나무의 수풀—밤하늘에 떨리는 별의

무리보다도 지천으로 흩어져 골짝 여울물같이 쉴 새 없이 노래하는—자연의 악보 속에서 가장 귀여운 곡목만을 골라낸 그 조촐한 나뭇잎—그의 아름다운 음악이 잠시라도 마음속을 떠난 적 있던가.

피곤한 마음을 헤어 주는 것은 그 음악인 것을.

살결보다도 희고 백지보다도 근심 없는 자작나무의 몸결—밝은 이지를 가지면서도 결코 불안을 주지 않는 맑고 높고 외로운 성격—그러기 때문에 벌판과 야산에 사는 법 없이 심산과 지협에만 돋아나는 고결한 자작나무의 모양이—그 어느 때 마음의 눈앞에서 사라진 적 있던가.

때 묻은 지혜와 걱정을 잊게 하여 주는 그 신령들이.

지친 마음에 내 늘 생각하고 바라는 것은 그리운 지협의 조각구름과 사시나무와 자작나무. 산문에 시달려 노래를 잊은 마음을 비추어 주는 것은 그 거룩한 풍물이다. 쇠잔한 건강에 어간유(魚肝油)를 마시다가도 문득 코를 스치는 물고기 냄새에 풀려 나오는 생각은 개울과 나무와 지협의 그림이다.

마음을 살릴 것은 거리도 아니요 도서관도 아니요 호텔도 아니요 일등 선실도 아니요 여객기도 아니요 어간유도 아니요

다만 지협의 어간유─개울과 구름과 나무와─그것을 생각할 때만 나의 마음은 뛰고 빛난다.

구름을 꿈꾸고 나뭇잎 노래를 들을 때만 마음은 날개를 펴고 한결같이 훨훨 날아난다 날아난다.

《숭실》소재(所載) 졸시 「지협」에서

지난 해 한여름을 거리에서 지내면서 피서 못간 한을 한 편의 시 「지협」으로 때웠다. 지협의 풍경을 말하고 사모할 때에 나는 항상 주을 협지의 그것을 마음속에 떠올린다. 시의 성불성(成不成)은 모르나 상념만은 간절한 것이며, 그렇듯 그곳의 풍물은 나의 마음을 끈다. 피서지찬(避暑地讚)을 쓰려

할 때 또한 먼저 떠오르는 곳이 그곳이다.

바다로 말하더라도 송도원(松濤園)이 훌륭하고 송도가 기승(奇勝)이요 용현(龍峴)이 맑고 같은 동해 안의 그다지 이름은 나지 못하였으나 독진(獨津) 해변이 조촐하다. 해변은 활달하여서 시원스럽기는 하나 바닷물이 산협의 개울물만큼 깨끗할 수는 없는 것이며 주위로 말하더라도 넓고 헤벌어진 바다보다는 아늑하고 감감한 산속이 고비 고비에 신비를 감추어서 잔 맛이 한층 더 있기는 하다. 그러나 산과 바다를 한꺼번에 코앞에 드리울 때에는 똑같은 진미를 대하는 것과도 같이 취사선택을 대뜸에 선뜻 결정할 수는 없다. 그렇다고 과도의 욕심을 차릴 수도 없는 까닭에 역시 한 가지를 취할 수밖에는 없으나 주을을 취함에는 반면에 이러한 아까운 제여(除餘)의 분이 희생을 당하는 셈이 된다.

주을을 말할 때에 그 문구(門口)의 가네다 지구(金田地區)는 그다지 흠욕(欽慾)의 지(地)는 못된다. 비록 유원지가 되어서 못 속의 양어(養魚)의 떼가 탐스럽고 풀에서는 헤엄을 칠 수 있고 배를 저을 수 있고 한편 사욕(砂浴)의 설비까지 있기는 하나 전체적으로 지협이 바라지고 협착한데다가 제반 시설이 날림이어서 그윽하고 유준(幽峻)한 맛이 없어 스스로 주을 지협에 비길 바 못된다.

사시나무(山楊木)와 자작나무(白樺)와 개울이 있는 것은 하필 주을의 오지만은 아니겠으나 그곳의 것같이 유수(幽邃)하면서도 현대적 감각을 갖춘 곳은 드물다. 한 포기의 사시나무나 자작나무가 섰으면 그 아래에 대개 흰 모래가 깔려서 다만 그 한 포기의 수목으로서 초초하고 깨끗함이 비길 바 없다. 산양목은 그 잎이 돈짝만큼씩 잘고 동글고 흔하여서 아무런 미풍에도 민감하게 파르르르 나부껴 한 가지의 요동이 족히 만곡(萬斛)의 청량미를 자아낸다. 당초부터 노래하려고 태어난 수목 중의 악인(樂人)이 산양목이다. 깨끗하게 정돈된 별장의 뜨락에 섰을 때에만 아름다운 것이 아니다. 그 어느 임의의 곳에 설 때에도 한 포기의 산양목은 참으로 복잡하고 다채한 변화를 보인다. 산속에는 갈피갈피에 그 무엇이 숨어 있어서 골짝으로 들어가면 새 꽃이 발견되고 둔덕을 넘으면 또다른 나무가 눈에 띄어 뒤를 이어 변화의 미가 온다. 그런 속에서 군데군데에 백화나 산양목의 포기 포기를 찾아내기란 우거진 다래넝쿨이나 한 떨기의 싸리꽃을 찾아낸 때와 함께 마치 숨은 술래라도 찾아낸 듯이 마음 뛰노는 노릇이다. 좁은 기름길 사이에 피서중의 외국녀의 화려한 옷맵시가 보이지 않는다고 하여도 좋은 것이며 우거진 활엽 사이에 산장의 붉은 지붕이 엿보이지 않아도 무관한 것이다. 모든 인위적인 것과 떠나서 산속의 경물은 그 자체가 충분히 아름답다.

개울가로 내려가면 청렬(淸冽)한 산골물이 바위와 고비를 따라 푸른 웅덩이를 이루었다 급한 여울이 되었다 하면서 굽이쳐 흐른다. 폭포가 되어 소를 이룬 고비에서는 물 연기가 서리고 이슬이 뛴다. 그 기슭에 도라지꽃이나 새발 고사리가 피어 있어서 이슬을 맞고 흔들림을 볼 때 시원한 맛 이에 지남이 없다. 사람의 그림자가 뜸할 때 노루나 사슴의 떼가 내려서 가만히 물 마시는 곳은 아마도 그런 곳일까 한다.

그런 개울가 산 식당에서 보낸 몇 시간을 나는 잊을 수 없다. 창 밖에는 안개가 서리었고 요란한 물소리에 방구석에 꽂은 새풀의 이삭이 흔들흔들 떨렸다. 푸른 그림자 속에 사무친 방안은 마치 몇 세기를 묵은 지하실 같고 벽에 걸린 인물들의 초상들도 묵은 세기의 것인 듯한 웅장하고 낡은 맛이 있었다. 그런 곳을 내놓고 어떤 곳에서 선경(仙境)을 구할 수 있을까.

지협의 소요(逍遙)에 지쳤을 때 오리 길만 걸으면 다시 거리에 내려와 여관 온천물에 잠길 수 있다. 지협의 지지(地誌)는 안내기의 말 아니라도 온천가의 기록은 자세할 것이니 여관의 선택쯤은 수고로울 것 없다. 피서 때에도 온욕(溫浴)은 필요한 것이니 주을 온수의 쾌미(快味)는 또한 각별한 것이 있다. 넓은 욕전(浴殿)에서 홀로 몸을 쉬이면서 개울로 향한 창으로 바로 창밖 느티나무와 개울과 건너편 산허리를 바라보노라면 하루의 피곤도 자취 없이 사라진다.

만찬의 식탁에 산어(山魚)와 산채의 진미가 놓임을 잊어서는 안 되고 방안 화롯전에는 언제든지 라듐과(菓)와 진한 녹차의 준비가 있음이 또한 반가운 일이요 두툼한 다다미와 이불의 잠자리의 맛

또한 온천가 독특의 것이다.

고요하고 적막하고 사색적인 점에 요란한 해수욕장과는 스스로 다른 맛을 가진 곳이 주을의 온천이요 지협이다. 지협의 어간유—개울과 구름과 나무와—그리운 소원의 것이다.

—「피서지찬(避暑地讚)」,《조광》, 1937. 8.

북국 풍물

내가 북국을 찾은 것은 이것이 벌써 세 번째—재작년 여름, 작년여름 그리고 올여름. 찾을 때마다 나는 이곳 풍물에 대하여 유다른 호감과 비상한 감격을 느낀다.

그것은 하필 어떤 이유 밑에서가 아니라 그저 무조건으로이다.

산 좋고 물 맑고 들 넓고 그리고 그 위에 바다 또한 좋으니! "풍경 좋은 곳에 사는 사람들은 도리어 그 고장의 미를 의식하지 못한다."—는 뜻의 탄식을 체호프가 그의 단편 가운데에서 말하였던 것같이 기억된다.

이곳 사람들 역시 이곳의 아름다운 풍물을 예찬—은커녕 의식조차 못하는 것을 보면 체호프의 말이 맞는 듯하다.

사실 이 북국의 풍물, 더욱이 바다의 미가 아직까지 표현의 은덕을—자연은 그것을 바라지는 않을 것이나—입지 못한 것은 아까운 일이다. 이곳 사람들의 죄라고 할까. 어떻든 이곳의 자연은 앞으로 많은 표현을 입어야 할 것이며, 그것은 그러나 느낌이 적고 신경이 둔한 이곳 사람들의 손에 보다도 다른 고장의 사람으로 이곳의 풍물에 많은 감격을 느낀 그런 사람들의 손에 달렸다고 믿는다. 바다와의 접촉면이 많은 우리로서 지금까지 좋은 해양문학을 가지지 못한 것은 오히려 괴이한 일이다.

푸른 바다 아름다웁고 포구에 고기잡이 성하고 바다 노동자의 바다와 자본주에 대한 싸움이 끊일 새 없고— 이러한 좋은 소재와 가능성을 가지고 있는 북국에서부터 좋은 해양문학이, 그 길의 천재가 앞으로 모름지기 무럭무럭 자라나오기를 바란다.

북국풍물이라고 하여도 나의 지금 말하는 곳은 한 국한된 개소(箇所)에 지나지 아니하나, 바다로 논지(論之)하면 동해안 일대가 모두 아름다웁다. 철로 연변으로만 말하더라도 원산에서 청진까지 한결같이 바다가 아름다우며 위에 말한 해양문학의 소성(素性)을 구비하여 있음을 우리는 쉬웁게 발견하는 터이다.

이곳—치성(雉城)—에서 독진(獨津) 바다까지는 약 반리. 그 사이 넓은 들이다.

보리 익고 완두꽃 피고 묘포 푸른 들. 논보다는 밭이 많고 밭에는 이깔(낙엽송)의 묘포가 성하다. 군데군데 산재한 묘포에는 매일 수십 명의 부녀 노동자들이 풀 뽑고 물 주고, 코도 없고 귀도 없고 입도 없는 일견 괴담 속의 인물 같은 처녀이지만 (강렬한 햇빛과 해풍을 피하기 위하여 이렇게 기형화시킨다) 간간이 열리는 두건 사이로는 실로 놀랄 만치 흰 살결이 들여다보인다.

찢기는 검은 구름 사이로 해죽이 웃는 달조각같이 향기로운 살결!

일전에 우연히 고향을 찾아 내려온 시인 P 형과도 찬선(讚羨)하야 마지않은 바이지만 산수가 아름다운 이곳에 아니 산수가 아름다우므로겠지만 사람도 또한 아름다웁다. 즉 살결이 희고 맵시 고운 '미인'이 유심히도 많은 것을 우리는 발견할 수 있다.

묘포를 지나 들을 지나 바다에 이르면 포구는 고기 냄새에 물렸다. 이곳 역시 정어리 어업이 매우 성하니 해변에 산재하여 있는 공장에서 흘러나오는 고기 삶는 냄새, 기름 짜는 냄새가 포구를 싸는 것이다.

북선(北鮮)의 구석구석에 산업의 부문 부문에 침범한 일본의 금융자본이 이곳만은 아직 다치지 않았으므로 대규모의 근대적 공장이 포구를 독점하지 못하였고 군데군데 산재하여 있는 소규모의 군소공장에서 원시적 생산이 경영되어 나간다. 공장이라야 우로(雨露)를 헤아리지 않은 노천식(露天式)의 간단한 구조요 기술이라야 지극히 단순한 것이다. 이 어업의 성질로 보아 아무리 규모를 크게 한다 할지라도 이 이상 더 완전한 설비와 장대한 건물은 그다지 필요치 않을 것이다.

해변 백사장에는 노소의 부녀 노동자들이 떼를 지어 그물에 달린 정어리를 뜯기도 하고 혹은 바다를 바라보며 정어리 배 들어오기를 기다리기도 한다. 한편 창고 옆에도 십여 명의 부녀가 함지를 앞에 놓고 앉아서 꿈꾸는 듯이 바다를 바라보고 있다. 배가 들어오면 여러 가지 생선이 즉시 이 창고에 운반되나니 그들은 그것을 도매하여 함지에 담아가지고 반 리나 되는 읍내(치성) 남문 거리에 가서 판다. 이것을 두서너 차례씩 해야 겨우 그날의 양식이 생기는것이다.

포구의 풍물을 대할 때마다 나는 싱(Synge)이 그의 희곡과 기행에서 표현한 애란의, 더욱이 애란도(島)의 풍물을 연상한다. 양자 사이에는 흡사한 점이 많으리라고 생각되는 까닭이다.『바다로 말 달리는 사람들』의 배경은 곧 독진 같은 포구가 아닐까. 붉은 말이 있고 검은 도야지가 있고 붉은 돛대가 있고 바위가있고 널쪽(죽은 뒤에 관을 짤)이 있고 —싱의 희곡 속에 나올 필요한 것이 이곳에 다 구비하여 있는 것이다.

물론 바다로 (말) 달리는 사람들의 비극도 이 포

구 안에 한두 건이 아닐 것이니 몇 사람의 바틀리가 바다에 목숨을 빼앗기고 몇 사람의 모리아가 아들의 죽음을 위하여 통곡하고 있을 것인가.

또 한 가지 같은 것은 싱의 기행에 의하면 애란도에도 나귀가 흔하나 이 포구에 역시 나귀가 있음이다. 이 체구가 조그마하고 귀여운 동물이 두 바퀴 수레를 끌고 그 위에 탄 안깐의 채찍 밑에서 마을길을 타박타박 걸어가는 목가적 풍경은 바로 그대로가 애란도의 그 어느 모퉁이에 있으려니 짐작된다.

우리에게도 싱과 같은 천재가 있었다면 이러한 북국의 풍물이 광채를 띠우고 살아났을 것이다. 이 고을에 천재 없음을 재탄(再嘆)하는 바이다.

어수선한 포구를 지나 자앙개 고개를 넘어서면 복잡한 포구의 각가지의 생활상을 떠난 신선한 경지가 전개된다. 높은 바위에 올라서서 넓고 크고 푸르고 건강하고―너무도 건강한 바다를 시름없이 바라보면 안계(眼界)가 아물아물하여서 눈이 어두워진다.

나가는 배, 들어오는 배가 넓은 시야 안에서

마치 정지한 듯하고 바다 멀리 지나가는 기선의 뚜—뚜— 들려오는 기적 소리 나그네의 향수를 자아낸다.

발밑에는 끊임없이 몰려오는 파도가 바위에 들이치고는 하아얗게 깨뜨려지며 거품을 뱉는다. 천 번 만 번 들이치고 들이치고 또 들이치는 파도— 힘차고 끈기 있기도 하다!

육중하고 건강한 바다!

날이 맞도록 바라보아도 싫지 않은 것은 바다이다. 대체 어느 갈피에 그러한 매력이 숨어 있는가. 강철 같은 건강미엔가, 그의 감추고 있는 무진장의 교훈엔가?

내일도 또 바다에나 나갈까, 머릿속에 맴도는 일만(一萬) 생각 잊게 하는 바다여.

오직 너뿐이니!

7월 26일 치성에서

—《시대공론》, 1931. 9.

인물보다 자연이 나를 더 반겨주오

—관북통신 1

　뜰에 꽃포기를 알뜰히 심고 가지와 토마토까지 가꾸어 놓으면서 꽃도 꽃이려니와 열매는 손에 대지도 못한 채 떠날까 말까 망설이다가 별안간 사정도 생기고 하여 불시에 이곳으로 떠나 왔습니다. 서울에는 들르지도 못하고 역의 폼을 밟았을 뿐 팔 분 동안에 부랴부랴 경의선에서 함경선을 갈아타고 침대차로 주을(朱乙)까지 택시로 경성(鏡城)까지 스물여섯 시간 동안 일로직행(一路直行)하여 왔습니다.

　일단 와 놓고 보니 오기를 잘했다고 거듭 생각하게 되었습니다. 벌판의 자연도 활달하려니와 바다와 온천이 가까운 곳에 있어서 언제든지 손쉽게 이를 수 있는 까닭입니다. 오래간만에 전원에 와

볼 때 항상 그 속의 인물보다도 자연이 더 반갑게 생각되는 것은 웬일인가 합니다. 그 자연 속에서 쇠잔한 건강을 회복시킬 것을 생각하고 이번 길을 기쁘게 여깁니다.

건강이라면 올 여름같이 건강을 잃었던 해도 적었습니다. 무더운 도회에서 창백한 피부에 땀을 빠지지 흘리며 지친 기관차같이 개신거렸습니다. 무엇보다도 식욕이 지지리도 없는 것입니다.

원래 여름을 타는 체질이기는 하나 어떻게 된 위(胃)인지 하루에 두어 공기의 밥조차 거부하는 것입니다. 사람마다 이렇다면 한철 동안 식량 문제는 제물에 해결되지 않겠습니까.

아침저녁으로 버찌냄새 나는 달콤하고 씁쓸한 약즙을 마시고는 뜰 앞을 거닐며 푸른 꽃을 바라보고 하늘을 우러러보고 가벼운 비행기 소리를 들으면서 육체를 쉬이고 아껴도 헛일이어서 거리에서 외식을 하고 와서는 게우고야 말고 차를 마시고 와서는 반드시 구역질을 하곤 하였습니다.

건담가(健啖家)를 대하면 용감한 병정이라느니

보다도 실례의 말이나 짐승같이 밖에는 보이지 않았습니다. 짐승이건 무엇이건 좋으니 그런 튼튼한 위를 얻어 갈아 넣었으면 하는 쓸데없는 공상까지 해보았습니다. 바다니 산이니 피서니 하는 것이 전에는 주제 넘은 소리로 밖에는 안 들리더니 이제 와서 그 필요가 절실히 느껴지는 것은 그만큼 건강이 부실해진 모양입니다.

도대체 도회생활의 문화면이라는 것에 대하여 의혹을 품게 되었습니다. 문화의 보급향상(普及向上)은 인류로서 물론 소망의 것이기는 하나 그것이 반드시 인간 본연의 뜻에 맞는지 안 맞는지는 의문인가 합니다.

공연한 병적 감상(感傷)일런지도 모르고 혹은 도리어 건전한 생각일는지도 모르기는 하나 가끔 가다가 야생적인 단순생활이라는 것을 생각하게 됩니다. 얇수룩한 소위 문화생활같이 인간 생장에 도리어 해가 되는 것은 없을 듯하니까 말입니다. 식욕 없는 위 속에다 밥 대신에 우유를 댓 홉씩 부어넣어야 헛것입니다. 가는 철망으로 날벌레의 침입을 막고 사흘돌이로 목욕물을 끓이고 야채를 반드시 칼크에 씻고 과실 칼을 일일이 알콜로 소독하는 것이 도무지 소극적 필요에서 오는 것일 뿐이지 그렇게 한댔자 건강을 적극적으로 초치(招致)하는 방법만은 못되는 것입니다.

그렇게라도 하지 않으면 건강은 더 볼 나위 없어지겠으나 솔직하게 말하면 나는 이러한 일상사에 지쳤습니다.

여름 한철이라도 이용하여 좀 다른 방식으로 살아볼까 한 것이 이번 길의 한 가지 목적도 됩니다.

몸에는 될 수 있는 대로 간단한 것을 걸치고 음식도 단순하게—마늘, 파를 생채로 씹고 고기도 될 수 있는 대로 날것을 먹고 조개와 성게는 바다에서 뜯어온 채로 삶고—음식과 피복과 거처를 될 수 있는 대로 단순하게 하여서 바다와 일광 속에서 몸을 태우고 위장을 단련시켜 보려는 것이 이 여름의 계획입니다.

이런 단순 생활을 하기에야 어디인들 부적당한 곳이 있겠습니까마는 첫째, 바다가 가까운 탓으로 이곳은 가장 알맞은 곳인가 합니다.

9월에 만날 때 증좌(證左)로 내 탄 얼굴을 보아주시오.

날이 밝아서부터 차창으로는 바다가 보이기 시작했습니다. 동해의 조망으로는 그 어느 포구 그 어느 구비나 한 곳도 흠잡을 곳이 없으나 특히 기암(奇巖)과 회문용현(會文龍峴) 부근의 풍치가 절승(絕勝)인가 합니다.

오전의 바다 좋고 정오의 바다 좋고 오후의 바다 또한 가경(佳景)이어서 그 어느 것 놓칠 것이 없습니다. 백사(白沙) 저편에 무겁게 침전된 바닷빛은 도라지꽃과 쪽잎을 한데 쥐어짜서 담아놓은 듯한 농벽(濃碧)이어서 불현듯이 식욕을 일으키게 하는 그런 건강한 색조입니다. 그대로 보고 스치기는 참으로 아까워서 내려가서 철벙거리거나 물을 휘저어놓고 싶은 암팡진 욕심조차 일으켜 줍니다.

식당차에서 받은 아침 식탁 위에 데친 야채에 호도(胡桃)를 갈아서 넣은 접시가 있어서 그 호도의 풍미와 푸른 바다 사이에는 일맥의 공통되는 감각이 있는 듯도 하여 푸른 바다는 범할 수 없는 호탕(浩蕩)한 것이기는 하나 그대로 떠다가 임의의 곳에 옮기고도 싶은 그런 귀여운 감동을 주는 것이었습니다.

—「피서지 통신」, 《동아일보》, 1937. 7. 30.

계절을 다시 역행하는 듯하오
—관북통신 2

연선(沿線)의 자연은 아직도 철수가 어려서 수목은 활짝 퍼지지 못하였고, 풀이나 곡식 포기도 푸른 빛깔이 엷어서 전체로 선명한 초록색의 인상을 줍니다. 여름에 함경선을 북행할 때에는 번번히 느끼는 것인데 일단 관북 지방에 들어서면 한 번 경험한 계절을 다시 역행하는 듯한 기괴한 착각을 일으키게 합니다.

남쪽과는 거의 한 달 동안의 철수의 차이가 있어서 무성하고 활짝 피어난 자연을 보던 눈이 북진함을 따라 점차 완전히 발육하지 못한 자연을 보게 됨으로 일어나는 착각이나 어떻든 젊은 시절을 다시 한 번 되풀이하는 셈이어서 유쾌하고 신선한 맛을 자아내게 합니다.

초목뿐 아니라 대기 그것부터가 일종의 청선미(淸鮮味)를 날려서 전체적으로 시원한 감동을 줍니다.

시절의 과실로 말하더라도 도회에서는 버찌와 살구 시절이 벌써 끝나고 오얏 복숭아 참외 수박—비록 온실산이라고는 하더라도—까지를 먹고 왔으나, 이곳에서는 봄 과실이라고 할 만한 양딸기가 이제 겨우 끝물이요 자연의 과실은 아직 이름부터 꿈속에 있습니다. 결국 딸기를 거듭 먹게 됩니다. 재봉춘(再逢春) 하는 셈이어서 몹시 유쾌는 합니다.

그러나 과실의 철이 늦다고 계절조차 늦은 것은 아니니 지금은 이곳도 역시 7월이어서 중복 대서까지 지냈습니다마는 여름은 여름이라도 그 어디인지 시원한 맛이 있는 것입니다. 그 시원한 여름 속에서 자연이나 사람이나 철수대로 경도를 따라 자라가는 것입니다.

유치는 하나 신선한 곳에—어리니까 신선하게 보이는 곳에 관북의 성격이 있지 않은가 합니다. 유독 자연뿐만이 아니라 생활 문화 산업 기타 제반 인간적 분야에 있어서 그런 듯합니다. 장래의 도시 계획이니 임업 기업 공장과 비행장 설립 계획이니 등으로 인하여 산업 기업 방면에 발자한 움직임이 보이고 여파를 입어 거리는 늘어가고 불과 일 년만에 항구(港衢)에는 상가의 수가 훨씬 늘었습니다. 놀라운 것은 어느날엔지 조그만 거리에 제법 악기점이 생긴 것입니다.

한철 지난 저급한 유행가의 레코드가 밤 이슥할 때까지 쉴 새 없이 돌아가고 돌아가서 거리를 왼통 요란하게 휘저어 놓습니다. 구민(衢民)들의 취미에 맞는 요구라면 그도 하는 수 없기는 하나 생각하면 이 철 늦은 속악한 유행가의 취미—이것이 이곳의 지금 계단이 아닌가도 합니다. 물론 이 작은 일례로 문화 전반을 유추 단정함은 위험한 일이니 지식 교양이 높은 면은 또한 다른 곳에 밑지지 않는 것입니다. 일반으로 독서열이 높은 듯하여 서사(書肆)의 발전에는 괄목할 만한 것이 있습니다.

문학 예술 방면에 뜻 두는 사람 많음은 어디나 마찬가지여서 줄기차게 정진하고 있는 분이 눈에 뜨입니다. 특히 시 방면이 왕성하여서 시인들의 모임이 가끔 있다 함은 기쁜 소식이라 하지 않을 수 없습니다.

—「피서지 통신」, 《동아일보》, 1937. 8. 4.

향기 품은 청춘의 태풍

―관북통신 3

　마을의 소재야 늘 같은 것이지만 시절을 따라 약동하는 듯합니다. 두 살밖에 안 되는 농장의 유우(乳牛)는 벌써 새끼를 낳고 남는 우유를 집집마다 배달하게 되었습니다. 양의 우리 안에도 식구가 늘었고 계사(鷄舍)에서는 대낮이면 닭이 알을 낳습니다. 울콩이 장하고 호박꽃이 피고 옥수수수염이 자랐습니다. 갑진일(甲辰日) 낮에 붕긋거리던 뜰 앞의 백합이 진홍으로 피어나고 산월(産月)을 한 달이나 넘은 태모(胎母)에게는 드디어 한 관 무게에 가까운 남아가 탄생하였습니다. ―이것이 이 시절의 관북(關北), 전원 풍경입니다.

　건전한 자연 속에 묻혀서 순박한 시인은 저널리즘에 물들지나 아니하고 옳다고 생각하는 길을 마음껏 걸어갑니다. 약질이 아니고 건강하고 육중하여서 철철이 수십 편의 시를 쓰고 백여 매의 시고(詩稿)가 붙은 것을 묵묵히 말합니다. 편마다 건강이 넘치고 관북의 기질이 흐르고 있습니다. 이곳 기질을 설명하는 대신 수중에 들어온 편중에서 몇 절을 뽑아보는 것도 무관할까 합니다.

모래밭은
푸른 꿈을 꾸었고
푸른 꿈은
푸른 장미를 낳았고

푸른 장미는
빨간 꿈을 보았고
빨간 꿈은
빨간 꽃을 게웠다.

빨간 꽃은
사랑의 열매를 맺었고
열정의 열매는

가시 울타리 속에서

새로운 꿈을 키운다.

새로운 꿈을—

그러나 벌써

그 행복한 꿈은

이 황소 같은 가슴에

몰래 감추어 넣었다.

길이길이 기르고저.

월파(越波) 「장미」에서

　자연의 정열을 알뜰히 뽑아다가 제 것을 만들고야 마는 것이 이곳의 기질인가 봅니다. 그러기에 황소 같은 가슴을 가지게 되는 것입니다. 황소 같은 가슴—이 시인의 시보다도 무엇보다도 나는 이것이 부럽습니다. 나의 가지고 있는 모든 것을 던져서 이것과 바꿀 수 있다면 선뜻 바꾸겠습니다. 수만 틀리면 부서져라 하고 책상을 치며 자기가 매어 있는 교장(校長) 쯤은 호되게 해내고도 아무런 영향도 받지 않은 그런 호담스런 기질도 결국

그 황소 같은 가슴에서 나오는 것인가 생각할 때
부럽기 짝 없습니다.

유월의 맑은 허공에 소리 없이
떨어지는
꽃입술
한 잎 두 잎 흩어지는 꿈 조각 위에
시들은 인생시(人生詩)를 실어서 보내노니
가슴에 진 잎엔 '회의(懷疑)'라 썼고
머리에 진 잎엔 '고뇌'라 썼고
손바닥에 내린 잎에 '가난'을 적고
땅에서 주워선 '병'이라 적었나니
건드리는 춘풍아 몰아가거라
지는 꽃잎아 물고 가거라

계절은 배꽃처럼 맑게 웃고
계절은 배꽃처럼 향기롭고
뻐꾹새 목 놓아 신생(新生)을 찾고
내 돌배나무를 응시하나니
건강한 생리는 새로운 도덕을 낳을 게다.

명랑한 웃음은 행복의 열매를 맺을 게다.

오오 돌배꽃은 향수를 모르도다.

월파(越波) 「돌배꽃」에서

회의와 고뇌를 다 떨쳐버리고 향수를 모르며 지내는 마음, 얼마나 건강합니까. 물론 이것은 다 '황소 같은 가슴'의 생리에서 나오는 것인가 합니다. 관북, 그것이 '황소 같은 가슴'인지도 모르겠습니다.

—「피서지 통신」, 《동아일보》, 1937. 8. 7.

야과찬(野菓讃)

-하얼빈의 가구(街區) 채원(菜園)

　구월 삼일 아침 호텔에서 역까지 나가는 길이
몹시 차서 나는 차속에서 다리를 덜덜 떨고 있었
다. 연일 비 기운도 있기는 있었으나 별안간 기온
이 내려 냉랭한 기운이 한꺼번에 엄습해 온 것이었
다. 일주일이 못 가 외투를 입게 되리라는 말을 들
으면서 남행차를 탄 것이었으나 향관(鄕關)에 돌
아오니 아직도 날이 더워 낮 동안은 여름 옷으로
도 땀이 나는 지경이다. 북위 44도의 하얼빈과 이
곳과는 남북의 상거(相距)가 머니 절기의 차이인들
심하지 않으랴마는 지금쯤은 그 북방의 변도(邊
都)가 완전히 가을철을 잡아들어 얼마나 풍치가
변해졌을까를 상상하면 지난 짧은 여행의 기억이
한층 그리운 것으로 여겨진다. 거리를 거니는 사람

들의 옷치장도 갈려졌을 것이요 여인들의 걸음걸이도 달라졌을 것이며 나뭇잎들은 또한 얼마나 곱게 물들었을까.

도대체 수목이 흔한 거리였다. 시가의 남부 일대는 속속들이로 나무가 안 들어선 구석이 없으며 특히 마가구(馬家溝) 부근의 울창한 가로수의 병렬과 외인 묘지 경내의 우거진 수풀은 도회 속에 전원을 그대로 옮겨 놓은 듯한 느낌을 일으키게 한다. 대개가 느릅나무와 백양나무여서 빽빽이 무성한 속에서는 집의 자태조차 빠져버려 그윽하고 으늑한 맛이 각별하다. 생활과 수목의 일원화요 도회와 전원의 합주여서 한 폭의 아름다운 낙향(樂鄕)의 감이었다. 그 천년대계의 도시의 창설을 계획한 사람들의 유구한 심정은 상줄 만하다. 사람은 쇠와 돌 속에서만 살 수는 없는 것이다. 초목과 친하고 자연과 가급적 벗하는 곳에만 생활의 진진한 자미도 있고 넉넉한 예술화도 있는 것이며 인위와 인공만의 세상은 순일한 사람의 천성을 해함이 크다. 수목 흔한 도회라는 것이 인간 생활의 한 이상이요 원이 아니면 안 된다.

대륙에서도 유수한 도회에서 도리어 신선한 전원을 느끼고 야성을 맛본 것을 나는 여간한 행복으로 여기지 않는다. 가로의 복판에는 폭넓은 정원이 뻗쳐 있고 공원에는 갖은 기교를 베푼 화단 너머에 자연림이 우겨졌고 묘지 내 사원 문구(門口)에는 산포도의 넝쿨을 빽빽하게 올려 심산의 천연미를 그대로 옮겨 놓았다. 가구(街區)에는 구석구석 꽃묶음 없는 곳이 없으며 바자(bazaar)는 가지가지의 야채와 과실로 생생한 채원을 이루었다. 대체로 슬라브의 문화라는 것이 구라파의 그것보다 아직 어린 탓이라느니보다도 본질상 그 속에 야취에 가까운 그 무슨 소인(素因)이 있는 듯이 보인다. 건축이나 음식이나 문화의 각 방면에 뻗쳐 정교(精巧)를 다한 듯이 보이면서도 반면에 있어서 일종의 소박한 야미(野味)를 띠었음이 확실하며 그것이 알 수 없이 마음을 당기고 정을 끄는 것도 사실이다. 무교양인 듯 보이는 발 벗은 여인의 닦지 않은 품성이 도리어 동감을 자아내는 것이다.

탁자 위 과실 접시에는 포도와 배와 사과가 담긴 속에 노랗게 익은 낯선 과실이 수북이 끼어 있었다. 권하는 바람에 한 개를 집어 올려 이빨을 넣으니 금시에 군물이 돌며 산미(酸味)가 입 안에 그득 찼다. 별것 아니라 돌배였다. 산속이나 들에 지천으로 열리는 야생의 돌배인 것이다. 진귀한 생각이 나서 맛은 어찌 됐든 나는 그날 밤의 그 야과(野果)를 한없이 그리운 것으로 생각했다. 비록 산속에 지천으로 맺히는 것이라고는 해도 그것을 맛본 기억은 멀리 소년 시대에까지 올라간다. 몇 십 년 동안 다시는 구경도 못했던 그 돌배를 그 도회의 복판에서 발견할 줄이야 뉘 알았으랴. 대도회의 복판, 서구의 치장을 베풀고 근대 음악이 흐르는 한 간 방 속에서 그것을 찾아낼 줄야 뉘 알았으랴. 그리운 조그만 노란 열매를 손에 들고 어릴 때의 추억을 불러내고 고향의 야미에 잠긴 것이 별 곳 아닌 참으로 그 낯선 도회에서였던 것이다. 낯설기는커녕 그 야경(野景)의 인연으로 그곳이 내게는 고향과도 진배없이 여겨졌다. 지금쯤은 얼마나 돌배의 맛이 무르녹았을까. 친밀한 혈연을 느끼면서 나는 지금도 북쪽과 야과를 생각한다.

—《매일신보》, 1939. 10. 15

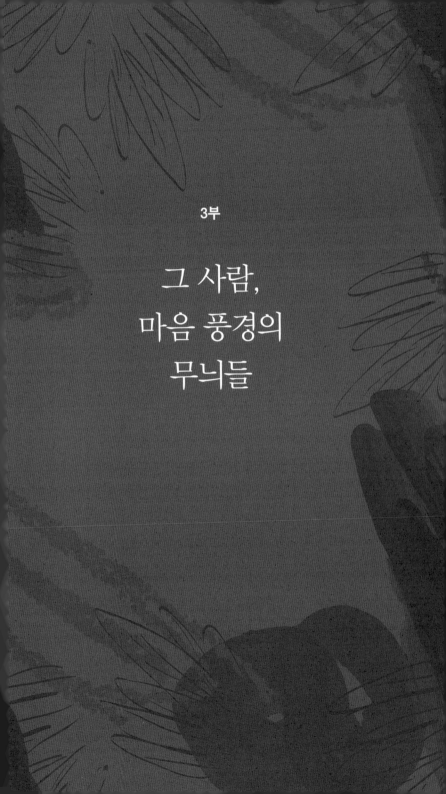

3부

그 사람,
마음 풍경의
무늬들

마음에 남는 풍경

삼월의 풍경같이 초라한 것은 없다. 아직 봄도 아니요 그렇다고 겨울도 아닌 반지빠른 시절이다. 풀이 나고 꽃이 필 때도 아직은 멀고 나뭇가지의 흰 눈은 알뜰히 사라져 버렸고 이것도 아니고 저것도 아닌 반지빠른 풍경이 눈앞에 있을 뿐이다. 초라한 가운데에 한 가지 아름다운 것이 있으니 하아얀 백양나무의 자태이다. 아침 일찍이 출근하는 날이면 나는 대개 신문실 창기슭에 의지하여 수난로(水煖爐)에 배를 대고 행길 건너편 언덕 위의 백양나무의 무리를 바라봄이 일쑤다. 희고 깨끗하고 고결한 그 자태는 아무리 바라보아도 싫어지지 않는다. 그 무슨 그윽한 향기가 은은히 흘러오는 듯도 한 맑은 기품이 보인다. 나무치고 백화(白樺)

나 백양만큼 아름다운 나무는 없을 법한다. 이 두 가지 나무를 수북이 심어 놓은 넓은 정원을 가진 집에 살아 보았으면 하는 것이 원이다. 아직 원대로 못되니 학교 창으로나 맞은편 풍경을 실컷 바라보자는 배짱이다.

이 며칠째 백양나무 아래편 행길 위를 낯설은 행렬이 아침마다 지나간다. 불그칙칙한 옷을 입고 사오명씩 떼를 지어 벽돌 실은 차를 끌고 어디론지 가는 형무소의 한 패이다. 아마도 소(所) 안의 작업으로서 구운 벽돌을 주문을 받아 소용되는 장소까지 배달해 가는 것인 듯하다. 한 줄에 매인 그들이언만 걸음들이 몹시 재서 구르는 수레와 함께 거의 뛰어가는 시늉이다. 행렬은 길고 바퀴 소리는 아침 거리에 요란하다. 군데군데 끼어 바쁘게 걷는 간수들은 수레를 모는 주인이 아니요 도리어 수레에게 끌리는 허수아비인 셈이다. 그렇게도 종종걸음으로 그 바쁜 일행을 부지런히 좇아가지 않으면 안 되는 듯이 보인다. 아침마다 제 때에 그곳에는 그 긴 행렬이 변함없이 같은 모양으로 펼쳐지곤 하였다. 하루 아침 돌연히 그 행렬에 변조

(變調)가 생겼다. 구르는 수레 바로 뒤에 섰던 동행의 한 사람이 어찌된 서슬엔지 별안간 걸어가던 그 자리에 폭삭 고꾸라지는 것이 멀리 바라보였다. 창에 의지하였던 나는 무슨 영문인가 하고 뜨끔하여서 모르는 결에 고개를 창밖으로 내밀었다. 그가 고꾸라졌을 때에 간수는 바로 그의 곁에 있었다. 원체 구르는 수레는 빠른지라 고꾸라진 그는 미처 일어나지도 못하고 쓰러진 채 그대로 수레에게 끌려 한참 동안이나 쓸려 갔다. 아마도 몸이 처음부터 수레에 매어져 있었던 모양이다. 이상스러운 것은 곁에 섰던 간수가 끌려가는 그를 좇아 재빠르게 달려가는 것이었다. 그 시늉은 마치 쓰러진 사람을 거들어 일으키려는 것도 같았다. 어찌된 서슬엔지 쓰러졌던 사람은 별안간 벌떡 일어서게 되어 여전한 자태로 수레를 따라가게 되자 간수는 이번도 또한 그의 곁에 가까이 서게 되었다.

변이라는 것은 그것뿐이나 이 삽시간의 조그만 사건은 웬일인지 마음속에 깊이 박혀 사라지지 않는다. 이상스런 것은 쓰러진 사람과 간수와의 관계이다. 간수의 조급한 거동은 단순히 쓰러진 사람을 일으키자는 것이었던지 그렇지 않으면 도리어 그를 문책하자는 것이었던지, 아니 당초에 그가 쓰러지게 된 것조차도 실상인즉 간수의 문초의 탓이 아니었던지 도무지 알 바는 없는 것이다.

의아하고 있는 동안에 행렬은 어느 결엔지 벌써 시야의 범위를 지나가 버렸다. 이상스런 한 폭의 풍경이었다. 어찌된 동기의 사건인지 그 까닭을 모르겠음으로 말미암아 그 풍경은 더한층 신비성을 더하여 가고 수수께끼를 던져 준다. 아무리 생각하여도 곡절을 모를 노릇이다.

그 조그만 풍경이 오래도록 마음속에 남아 쉽사리 꺼지지 않는 까닭이다.

—《조선문학》, 1936. 7.

삼일간(三日間)

눈이 하아얗게 쌓이다.

노는 날. 일요일 외의 노는 날이란 언제든지 유달리 반갑다. M지(誌)의 창작란을 읽다. 그 달 잡지가 책상 위에 그득히 쌓여 눈앞에 어른어른하는 동안에는 다른 일이 손에 잡히지 않는다. 월초(月初)에 그 달 잡지는—적어도 창작란 만은 다 읽어버리겠다는 작정이 달마다 틀어져 요사이 와서는 월초는 새로운 잡지와 씨름하다 나면 어느덧 한 달 삼십 일이 다 가는 것이다.

처음 보는 작가의 작품. 매우 훌륭하다. 간결한 필치가 줄기줄기 육박하여 오는 가작. 심히 익숙한 솜씨가 아마도 자전적의 소설인 듯하다. 그렇지 않으면 이렇게까지 힘차게 울려올 수 없겠지. 전반은 진득하고 침울하고 후반은 행복스럽고— 필치에는 경중이 없으나 후반보다 전반이 훨씬 좋다. 행복스런 인생의 면이 이지(easy)에 흐르기 쉬움에 반하여 역시 괴로운 인생의 면이 더 많이 훌륭한 예술이 되는 것 같다. 도스토옙스키의 모든 작품이 아니 고금의 위대한 예술이 모두 그렇듯이.

오후에 혼자 화로 밑 숯불을 피우고 「주리야」 기고(起稿). 편지로 온 부탁을 편지로 간단히 승낙하였으나 승낙해 놓고 보니 큰 짐을 맡은 듯한 느낌이 새삼스럽게 난다. 반년 동안이나 어떻게 끌어나가노. 어차피 피를 기울여가며 새겨 갈 작품도 아니요 아직 그럴 때도 아니라고 생각하지만 그러나 그렇다고 또 그것이 심심풀이의 장난이 아닌 이상 괴로운 느낌은 일반이다. 전편(全篇)의 이야기도 만들지 못하고 구상도 서지 않은 채 원고지에 향하니 머릿속이 실오리같이 어지러워 몇 시간을 걸려 겨우 넉 장 쓰다.

저녁때 Y씨 못 오겠다는 통지. 하는 수 없이 밤

에 혼자 M씨 댁을 찾다. 단 두 내외의 홋홋한 가정. 부인은 지적 명모(明眸)를 가진 가인(佳人)—촌에서 찾아보기 드문 신경미(神經美)의 소유자. 이곳에서 문학을 서로 이야기할 만한 분은 Y씨와 이 M씨 가족쯤이다. 취미와 정서란 혈연을 넘어서 족히 결합되는 것, 목적인 불어보다도 잡담 쪽이 훨씬 성에 맞는다. 멕시코까지 갔다 온 분인 만큼 해외 사정에 밝다.

2월 ○일(일요)

S로부터 원고 재촉의 엽서 래(來). 내월부터 실리려고 작정하였던 것이 작정이 틀려 황급히 붓을 잡다. 오정까지 다섯 장.

《대조(大朝)》에 실린 곡기(谷崎)의 수필을 읽고 그의 지필벽에 안심하다. 모든 대외 관계를 끊고 하루 종일 방에 들어박혀서 애를 써야 겨우 사오 매. 즉 신문 소설의 1일 분을 쓴다는 그의 고백에 웬일인지 안심이 된다. 자라를 달에 비기는 것은 아니지만 종일 들어박히면 십여 매는 쓸 수 있으니 그만하면 족하다고 생각. 지필(遲筆)과 속필은 재분(才分)과 소질의 정도를 떠나 순전히 생리적의 것인가 한다. 글 쓰는 사람이 지속(遲速)을 염려할 필요는 없겠지.

밤에 학교에서 잠자다. 다섯 장.

오늘 합 십 매, 방이 너무 덥고 공기가 건조해 목이 깔깔하다.

2월 ○일(월요)

나남(羅南) 가서 진하고 뜨거운 커피 한 잔 먹었으면—으슬으슬 추우니 반일 동안 커피 망상만 나다.

이제는 거의 인이 박힌 듯하다. 평생 커피 편기(偏嗜)하였다는 발자크의 풍류를 본받아서가 아니라 언제부터인지 모르는 결에 깊은 인이 박혀 버린 것이다. 그러나 시골서는 좋은 커피 구하기가 얼마나 어려운가. 날 채로 사다가 찧었다는 진짬

'자바'를 나남 끽다점(喫茶店)에서 나누어다가 넣어 보아도 진짬 맛은 나지 않는다. 찧어서 통에 넣은 '브라질' 같은 것은 두 층이나 맛이 떨어진다. 서울서 진한 다갈색의 향기 높은 '모카'를 마시는 동무는 얼마나 다행한가.

밤에 O모양 영어 배우러 오다. 두 엽(頁) 강(講) 받고 보내다. K관 탕욕에서 돌아와서 속고(續稿) 십 매. 며칠간에 쓴 것도 도합 이십이 매. 시일 관계로 이것만으로 1회분을 삼아 투봉(投封)하고 S에게의 편지를 첨서(添書)하다. 원(媛)에게 부탁하여 명조(明朝) 제1편에 부칠 작정. 자리에 누우니 한시를 훨씬 넘다. 두통 심하다.

—《삼천리》, 1933. 4.

한식일

한식날 묘를 다스리고 돌아와 목욕 재계하고 고요히 앉으니 눈물이 또 새로와진다. 사람은 이 더운 눈물을 가진 까닭에 슬픔을 단적으로 표현할 수 있고 그럼으로써 무한한 슬픔을 얼마간 덜어 버리는 것인 듯도 하다.

자란 사람의 울고 있는 양을 아무도 보고 있지 않음이 다행인지 불행인지 모르겠다. 무진장으로 흘러내리는 눈물은 얼굴과 심정을 어지럽히는 것이요 그칠 줄 모르는 눈물은 귀하고 아까웁기도 하다. 눈물은 슬픔을 맑게 하고 깊게 한다.

아내를 잃은 지 석 달에 비 오는 날이 가장 견디기 어렵다. 비는 사람의 마음을 모방하려는 것이다. 마음속에 비가 오듯 비도 오는 것이다. 모든 것을 적시고 속으로 깊이 배어든다. 눈물 뒤에 슬픔은 한층 깊고 날카롭게 속으로 파고든다.

인생은 쓸쓸한 것—깊고 쓸쓸한 것이라는 생각을 나는 가장 행복스런 순간에도 느껴 왔으나 사랑하는 사람을 잃은 뒤에 이 생각은 더욱 처량하게 마음속에 뿌리박히게 되었다. 인생은 정작은 쓸쓸한 것이니라. 깊고 외로운 것이니라. 그러나 어쩌는 수 없는 노릇이다. 그저 그러라는 마련이니까.

시인인 동무는 조문에다가 '우리에게 이상이 있다면 그것은 슬픔을 위하여 살아야 하는 것이외다'라고 적어 보내왔다. 뭇 위로의 글 중에서 이것이 가장 마음에 배어서 잊혀지지 않는 한 구절이다. 경건한 마음이요 높은 해오(解悟)다. 나도 이것을 믿을수 밖에는 도리가 없다. 어쩌는 수 없는 노릇이니까.

마음의 마지막 다다름이 슬픔인가 보다. 날이 맞도록 슬픔을 마음속에 응시하고 있노라면 별수 없이 나중에는 바닥에 넝마같이 가라앉고야 만다. 저으면 일어났다가 오래되면 다시 가라앉는다.

결국은 영원히 바닥에 남는다. 마치 진하지 않은 정감의 원소인 듯이도.

남의 죽음을 들을 때에나 소설의 죽음을 읽을 때에는 슬프면서도 한 구석으로 한 가닥의 안도의 오솔길이 준비되어 있는 법이다. 아직도 내게는 무관하거니 해서. 그러나 몸소 이것을 당할 때 커다란 바위에나 눌리운 듯 벌써 도망의 길이 없다. 무쇠 몽둥이로 후려갈기운 듯도 하다.

죽음같이 무자비하고 고집스런 침묵이 없다. 세상에 절대가 꼭 하나 있다면 곧 이것이리라. 유기체는 왜 반드시 분해되어야 하는지 애달픈 일이다.

절대의 침묵 앞에서는 환상도 하잘것없다. 불귀(不歸)의 사실을 알면서야 추억과 꿈이 무엇하자는 것이랴. 내게 만약 기도를 드리는 습관이 있었고 부활을 믿는 믿음이 있었다고 하더라도 슬픔을 지울 수 있을 것인가. 보고 만질 수 있는 것만이 사랑이다. 추억은 한층 안타깝고 서글플 뿐이다. 한 가지의 진정제가 있다. 그것은 다시 유기체의 운명을 생각함이다. 현재 아직도 땅에 남아 있는 누구나를 말할 것 없이 모두 반드시 필경은 작정된 그 길을 떠나야 됨을 생각함이다.

물론 나도 가야 할 것이다. 모든 인류의 세대가 차차 차차 그 뒤를 따를 것이다. 영원히 어두운 그 속에 절대의 침묵을 지키면서 간 사람과 함께 눕게 될 것이다. 그 총결산의 시간까지 짊어지고 가야 할 세금이 슬픔이다.

나는 죽음에 대해 얼마간 대담해졌는지도 모른다. 그러나 그지없이 답답한 마음을 가라앉히고 간 사람을 위로하려면 이것을 생각하는 수밖에는 길이 없는 것이다.

1941년 4월 11일(記)

─《신세기》, 1941. 6.

소하일기(銷夏日記)

○월 ○일

열 시는 되어서 일어나 사랑문을 여니 손님도 잠이 깬 지 오래던지 침대에서 일어난다. 피곤이 풀리지 못한 모양 같다. 간밤에 들어온 것이 세 시를 넘은 때—이것이 이 며칠 동안의 버릇이어서 기침(起枕)은 자연 열 시를 넘어 아침 시간의 표준이 대개 오정을 기점으로 하게 되었다. Y는 서울서 온 손님. 며칠 동안의 그를 동무해 주기 위해 K와 C와 나 세 사람이 함께 어울리게 되었다. 각각 생활에 변동이 생겨 시간의 계산이 착란되게 되었다. 어제는 박물관을 찾았던 것이 월요일이어서 휴관, 그 길로 뱃놀이를 떠난 것이 밤이 되어서야 거리로 들어오게 되어 또 몇 집 돌아다니는 동안에 오전 세 시를 맞이해 집으로 오는 길에 별안간 조록 같은 소낙비를 만나 아래통을 한바탕 적시고 돌아왔다. 그 까닭인지 오늘은 한층 피곤하다. 길을 떠나면 별 하는 일 없이 피곤해지는 법, 자유로운 휴식의 시간이 거의 없다. 이날은 좀 늦게까지 손님에게 휴식의 기회를 주려고 했으나 그것도 헛일 오정이 되자마자 아침 식사를 막 마치고 나니 K와 C가 벌써 찾아들 왔다. 박물관에 가자는 약속이었던 것이다. 차를 마시고 나기가 바쁘게 피곤한 채로 한패는 또 집을 나섰다. K와 C는 각각 집을 떠난 자유스런 사람들, 시간이 무진장인 것이요 Y와 나도 여름 휴가를 잡아든 몸으로 한가하기는 하다.

그러나 놀면서도 항상 마음이 편안하지 못함은 웬일인지 모르겠다. 무거운 것이 마음을 조이면서 되려 불안스럽다. 소심익익(小心翼翼)하지 말고 참으로 유유자적 할 만한 넉넉한 심지(心地)의 수양이 필요하다고 알면서도 그것을 얻기가 힘들다. 사실인즉 휴가 되는 즉시로 Y와 함께 만주와 북지(北支) 여행을 떠나기로 했던 것이 Y의 사정으로 연기하게 되어 Y는 그 대신 이곳으로 며칠 놀러오게 된 것이다. 계획이 어그러져 버리니 방심이 되면서 일이 손에 잡히지 않는다. 한동안 무위로 지냄도 유유자적의 한 수양이거니만 생각하나 심중이 편편하지 못함이 슬프다.

평양 온 지 4년에 박물관 구경이 처음이다. 필요 없음이 사람을 게으르게 한 셈이나 부지런해야 필요가 생기는 법인 모양이다. 낙랑과 고구려 시대의 유물과 유적, 고분 등을 보아 가는 동안에 찬란한 환상이 솟으면서 가지가지의 의욕을 느끼게 되었다. 낙랑의 문화는 결국 한인(漢人)의 소산이었던 듯이 짐작되며 고구려의 유물은 낙랑의 그것에 비기면 기품 성격이 훨씬 거칠고 굳건하면서 예서부터 선조의 독창이 시작되지 않았나 한다. 어떻든 이 두 시대의 고인의 업적은 놀랍다. 회화 등에 나타난 품격으로 보면 애급(埃及) 문화보다는 훨씬 윗길이며 로마 초기 문화에 비겨 손색이 없다. 색상자의 색 모양이며 고분의 벽화는 그 색채의 전아함과 의장의 탁월함이 하나의 경이이다. 이런 유물을 볼 때면 이 땅에 태어난 자랑이 유연히 솟는다는 Y의 말이 절실히 가슴에 흘러온다.

관을 나와 고금의 문화를 이야기하면서 거리에 내려가 별 수 없이 한낮부터 또 술타령이 시작되었다. 술을 구해서가 아니라 그런 수단으로밖에는 거리에서는 시간을 지울 수가 없는 것이다. 이 집 저 집으로 자리를 바꾸기가 삼사차 어느 곳이나 그다지 신기한 곳은 없으며 자리를 옮기는 것도 일종의 버릇일 뿐이다. 이런 곳에의 출입도 점점 흥미가 없어져 가면서 여기에서도 영대(齡代)의 변화를 느끼게 된다. 어느새 영대의 변화를 느낀다는 것이 망발일는지는 모르나 벌써 좀체 흥미를 끄는 여자가 없는 것이며 이 흥미의 감퇴가 곧 영대의 변화를 의미한다고 볼 수 있지 않은가. 여간한 여자가 아니고는 눈을 끌지도 않는다. 슬픈 일인지 반가운 일인지는 알 수 없으나.

그래도 이럭저럭 객담(客談)을 건네는 동안에 밤이 깊어 너른 거리에 나왔을 때는 두 시를 넘은 때, 강잉히 Y를 끄나 K가 좀체 놓지 않아 결국 Y는 또 하룻밤 K의 집으로 가게 되었다. C와도 작별하고 혼자 걷는 길이 피곤하고 헙헙하다.

○월 ○일

　Y를 기쁘게 할 일이 생겼다.
　L─시골서 온 한 사람의 문학 부인이 마침 이곳
동무를 찾아 왔던 길에 Y의 소식을 듣고 Y와 나
와 한 좌석에서 이야기를 하고 싶어 한다는 소식
을 아내가 동무의 집에서 듣고 와서 전해 준 것이
다. Y를 데리고 와 집에서 만나거나 그렇지 않으
면 다방에서 만나게 할 작정으로 낮쯤은 되어 K
를 찾은 것이나 Y는 없다. 아침 여덟시 차로 떠났
다는 것이다. 거듭 의아한 감이 돈다. 전해주는 명
함에는─암만해도 오늘은 귀경해야겠고 이렇게
해서밖에는 형들의 호의를 물리칠 수 없으므로─
라는 해명의 구절이 읽힌다. 오늘은 저녁때 함께들
양덕 온천까지 가자는 언약도 있었는데─여중(旅
中)의 몸이라 집이 퍽은 궁금했던 모양이다. 나로
보면 섭섭한 일이요 Y로 보면 아깝게도 발이 빨라

모처럼의 문학 부인과의 면담의 기회를 놓친 것이다. 득실은 두고 보아야 알 일이기는 하나 하루의 흥분을 물리쳐 버린 것이 Y가 후에 들으면 아마도 통분해 할 일 같다.

집으로 갔다가 다시 피서지로 떠나 소설을 쓰겠다는 것이 Y의 계획이었다. 더위를 무릅쓰고 소설을 써야 한다는 것—그 속에 버리지 못할 의미가 있는 듯하다. 연전(年前)만 해도 소설을 쓰느니 무어니 하던 유어(類語)가 아희(兒戲)에 밖에는 값가지 못하는 귀에 거슬거리는 것이더니 요새 와서는 뜻이 적지 아니 달라졌다. 이곳의 문학이 뭇 시선의 대상이 되고 인식이 달라지자 건설의 뜻이 새로 덧붙여졌다. 결코 안이하게 문학을 생각할 수 없게 되었고 어렵고 준엄한 것으로 고쳐 생각하지 않으면 외부의 조소를 혓입게 되었다. 문학의 수양은 바야흐로 본격의 대도(大道)를 내닫게 된 것이다. 이때 소설을 쓰느니 창작을 하느니 한다는 말이 비로소 격에 맞고 품에 어울리게 들리며 소홀하지 않은 뜻을 그 속에서 길러낼 수 있다. 태작(駄作)을 쓴다는 말이 아니라 걸작을 쓴다는 말이요 그 일편으로써 문학 전체를 대표할 만한 역량 있는 것이라야 한다. 문학의 길이 대단히 어려운 것이 되었으며 따라서 문학인 된 보람도 느끼게 되었다. 좁은 우물 속의 문학이 넓은 외계의 조명을 받게 된 까닭이다. 여름 문학인들의 입 자중을 바라며 Y의 계획의 성공을 비는 마음 간절하다.

K를 찾아왔던 C도 Y를 놓쳐서 헛걸음, 별 수 없이 세 사람이 차리고 나서 다방행, 더울 때에는 집에 있기도 거리에 나가기도 다 곤란한 일이나 집에 모이면 자연 걸음이 밖으로 향한다. 간단한 점심을 마치고 다방에 앉았어도 확적한 언약을 안 준 문학부인이 나타날 리도 만무해서 가가를 나와 K는 실망해서 집일을 보러 들어가고 C와 나는 영화관을 찾다. 알리바바의 고담과 근대면을 혼합한 에디 캔터의 소극이 예상 외로 재미가 덜하다. 나체의 군상을 보러간 것이 이야기의 해학미를 주안으로 한 것이어서 실망하다. 이런 종류의 영화라는 것은 음악이 풍부하든지 나상의 난무가 있든지 하지 않으면 흥미가 적은 것은 관객의 감상의 안목은 이런 일면에 의외로 큰 구미를 가지고 있기

때문이다.

관을 나와 지하실에서 목을 적시고 K식당에서 저녁을 마치고 나니 날이 어두워지면서 금시 소낙비가 쏟아질 것 같다. 아니나 다를까 전차로 두어 정거장 지나는 동안에 비가 퍼붓는다. 하는 수 없이 중도에서 내려 H백화점 식당에 올라가 비뻠을 하게 되었다. 그 우연한 비가 인연 되어 거기에서 의외의 인물을 맞게 되었다. 아침부터 시작된 실의의 봉창을 거기에서 대라는 계시였던 듯도 하다. 그들도 역시 무죽거리는 모양 C와 함께 그곳을 나와 결국 하루 저녁 무료한 그들의 동무를 해 준 셈, 맥주를 한 타(打)나 마시는 동안에 세시 가까워서야 집을 나오게 되었다.

○월 ○일

연일 타령에 몸이 말할 수 없이 피곤하다. 피곤한 것은 나뿐이 아니련만 K와 C의 멀끔한 기력에는 한 수 접히울 수 밖에는 없다. 오정 넘어 두 사람 내방, 그들을 대하면 피곤도 간 곳 없고 나도 세력이 소생된다. K는 간밤의 탐정담(探偵談)을 듣고 수연삼천장(垂涎三千丈)―그러나 중도에서 떨어진 것이 불찰이었으니 한할 곳도 없어 기회의 재래를 원할 뿐 강으로 나가자는 것이었다. 두 사람에게는 벌써부터 강의 일과가 시작되었던 것이 Y가 왔던 까닭에 잠시 끊겼다. 이제 다시 일과가 계속되매 나도 한몫 끼이게 된 셈이다. 거리에서는 소하법(銷夏法)으로는 이 수밖에 없는 것이요 하루 동안에 나도 완전히 그 진미를 득하게 되었다. 단골집에서 찬 맥주 반 타와 통조림 등을 사가지고는 이것도 단골 뱃집에서 삼인승 보트를 세내어 타니 '보트 속의 세 사람'이 되었다. 앞강을 건너 반월도 옆 여울로 배를 끌어올려 뒷강에 이르니 반날 동안의 납량터가 된다.

앞강과는 달라 물이 맑고 얕은 데다가 바닥에는 전면 흰 모래가 깔려 호젓한 수영터이다. 보트를 강심에 띄우고 물의 뜻대로 맡겨 두고 방향도 목적도 없이 뱃전을 붙들고 이리저리로 유익(遊弋)하노라면 그것으로 흐뭇하고 족하다. 물은 왜 그리 흔하고 즐거운 것인지 여름철의 자연의 혜택으로는 물이 아무래도 으뜸일 듯하다. 사람이 한 평생에 이렇게 흡족한 다른 무엇을 차지해 볼 수 있을까 아무리 생각해도 이것은 과분의 혜택인 것 같다. 머리만을 물 위에 내놓고 수평선을 바라보면 수목의 일선과 구름과 그리고 물과─이것뿐이다. 지저분한 협잡물 속에서 선택된 이 깨끗한 재료만이 안계(眼界)에 꽉 차면서 선열(鮮烈)한 감이 전신에 흐른다. 구름과 수목과 물은 좋은 것, 지성을 동심으로 환원시키는 것, 이런 자연을 대할 때 영탄 밖에는 더 응대의 길이 없다. 부질없이 영탄만 하는 것이 감상주의일 듯하나 그러나 이 영탄의 동심을 잃어 버렸을 때의 비참을 생각해 보라. 평생을 영탄으로 지낼 수 있는 인생은 두말 없이 행복된 것이며 야박스런 마음속에 지혜만을 감추고 한줌의 영탄조차 잃어버린다는 것은 위험하고 불행한 일이다.

영탄조를 한층 발휘해 세 사람의 나상이 강을 헤엄쳐 건너 언덕 위 마을에 이르러 풋 옥수수통과 감자를 바구니에 그득히 사 담아 가지고 배에 이르렀으나 그 전원의 향기를 만끽했을 뿐 배 속에서는 그것을 익힐 수단 없음이 섭섭하다.

해가 그늘 있을 때 병속의 여향(餘香)을 정복하고 배를 끌고 강을 올라가다. 올에 들어 겨우 수영을 터득해 실력이 10미터 거리에 이르게 된 것도 유쾌한 일의 하나—강물이 범연히 보이지 않는 것도 실상은 이 까닭인지도 모른다. 능라도 기슭에 배를 세우고 아래편에 무수히 떠있는 유선(遊船)들의 유흥의 광경을 바라보고 포류(蒲柳)의 채색의 군상을 관상함도 일흥(一興)이다. 한가할 때의 화제는 의례히 『데카메론』이나 『캔터베리 테일즈』이어서 이 두 편의 고대의 문학은 그 동기에 있어서 인간의 성미를 갈파해서 또 남음이 없다. 그때나 지금이나 일반 사람들은 줄레줄레 모여만 들면 그 이야기인 것이다. 그러나 나는 한 귀로 이야기를 들으면서 다른 귀로 흘리지 않으면 안 된 것이 조그만 일감을 가지고 나갔던 까닭이다.

교정의 일같이 급하면서도 흥 없는 일이 드물다. 몇 백 엽(頁) 되는 교정고(校正稿)를 며칠 동안 틈틈이 보아 와도 쉽사리 끝나지 않는다. 하는 수 없이 배에까지 가지고 나간 것이다. 물이 튀어 군데군데 붉은 상처를 남긴 재교고를 가지고 집으로 돌아오니 일곱 시를 넘은 때이다.

○월 ○일

내가 K들에게로 가고 K들이 내게로 오고 해서 3, 4일 동안 강의 일과를 계속했더니 얼굴과 몸이 어느 결엔지 새까맣게 그을었다. 피곤하지 않은 것은 아니나 물 속에서 엉벙하게 지내는 동안에 피곤인지 무엇인지를 모르며 지내게 되었다. 그러나 어느 때 끝내자고 약속한 일과도 아니어서 한정이 없는 것으로 오늘도 또 두 사람이 찾아왔다.

점심 전이라고 먼저들 나간 뒤 반시간 가량이나 있다가 나가서 늘 타는 보트 집에 이르러 한참이나 기다려도 두 사람의 나타나는 기색이 없다. 웬일인가 하고 의아해 하는 동안 거의 한 시간이 넘어서야 나타났는데 이건 보트 놀음이 아니라 웬 것의 매생이 하나를 타고 물 위로 나타난 것이다.

노상에서 우연히 친구를 만나 그의 매생이를 빌렸
다는 것이다. 날마다의 보트 사냥에도 조금 싫증
이 난 판에 우리들은 한번쯤 매생이 놀음을 원해
왔던 터이었다. 두 사람은 벼락으로 그것을 구해
냈다. 배 위에는 나뭇단과 솥과 쌀과 기타 제반 조
미료가 준비되어서 어죽(魚粥)놀이의 장만이 제물
에 되어 있다. 한 가지의 부족은 닭이다. 어죽은 물
고기로 쑤는 것이 아니라 닭고기로 쑤는 것, 절대
로 필요한 닭이 없는 것이요 물 위에서는 그것을
구함이 고생고생이다.

강을 저어 올라가다 우연히 보트를 탄 B를 만
나 네 사람이 한패가 되어 닭 사냥을 나선 것이 어
죽의 본제(本第) 부선(浮船) 장경관에서 실패, 강을
건너 그 본관에 이르러나 그곳도 야박스럽기 짝
없다. 한 사람의 선부(船夫)가 민망히 여겨 자청해
서 저자에 들어가 닭과 술과 조미료를 구해 왔기
에 망정이지 이 의부(義夫)의 출현이 없었더라면 이
날 천렵은 엄두도 못 냈을 것이다.

백은탄(白銀灘) 옆 반월도(半月島) 기슭에 터를 잡
았을 때는 벌써 다 저문 저녁때였다. 강의 습속(習

俗)은 그렇게 유유하고 무신경하고 활량(濶量)한 것이다. 낮 천렵이 밤에 이르러도 좋은 것이며 닭 한 마리 구하기에 여러 시간이 걸려도 무관해서 시간의 관념이 거리와는 온전히 도착(倒錯)되어도 조바심을 일으키지를 않는다. 거기에 강의 수양이 있는 것이요 그 맛에들 강을 찾는지도 모른다. 천렵은 일종의 분업이어서 쌀을 이는 사람 불을 때는 사람 다 각각이나 닭의 살생이 극난사여서 그것을 맡은 K는 죽을 지경이다. 결국 S의 조력을 받아서 간신히 토벌해 솥에 안친다. C와 S의 솜씨가 놀라워서 죽은 진미이다. 아전인수가 아니요 분풀이가 아니다. 사실 장경관의 어죽보다는 곱절 훌륭하다. 소주와 풋고추—어죽에는 이것이라야 격에 맞는다는 것이다—가 속에 들어가니 얼근해지면서 강상의 쾌미는 어죽놀이인 듯싶다. 보름의 만월이 누르스름하게 솟기 시작한다. 『적벽부』의 구절들을 외우면서 강면을 바라보니 파도 일지 않는 물 위에 맑은 바람이며 건너편 청류벽(淸流壁)의 창흘(蒼吃)한 것이며가 그대로 적벽강의 운치인 듯싶다. 모란봉의 독고(獨高)한 자태며 강기슭으로 길게 뻗쳐 내려간 등불들이며 강 위에 뜬 무수한 흥겨운 배들의 풍경은 적벽강 이상의 것이요 못 본 서구의 수도(水都) 베읍(邑)의 풍치인들 이에 더할 것 같지 않다. 조수가 들어와 호수같이 고요한 강심(江心)을 저어 내려 갈 때 참으로 수향(水鄕)이라는 느낌이 든다. 달 그림자는 길게 강기슭에서 뱃전까지 연했다.

놀던 중 이 밤의 운치가 가장 아름다웠다. 너무도 아름다운 품이 강 놀이의 마지막일 듯한―아닌 게 아니라 마지막이 될지도 모르는 것은 K는 내일 10여일 작정으로 양덕(陽德)으로 떠나겠다는 것이다. 가서 좋은 일이 있으면 편지로 우리를 부르겠다는 것이나 어떻든 그가 빠지면 강 놀이도 잠간 중단되지 않을 수 없다. 하기는 지친 판에 얼마 동안의 휴식도 필요하기도 하고 몸도 너무 탔다. 멀끔하게 벗어지려면 또 이 해가 다 가야 될 것 같다.

―《매일신보》, 1939. 8. 7.~10.

모기장

　수필의 출제는 득실(得失)의 상반(相半)일 것 같
다. 같은 과제로도 사람에 따라서는 일어천금(一語
千金)의 값있는 좋은 이야기를 가진 이도 있을 것
이요 반대로 휴지통에 넣기에 마땅한 변변치 못한
재료밖에는 가지지 못한 이도 있을 것이니까.

　「모기장」─호개(好箇)의 제목임에도 공교히 재
미있는 이야기를 가지지 못하였음을 불행으로
여긴다.

　원래 모기장을 즐겨하지 않는다. 단간방 혹은
두간방에 찰 만한 좁은 모기장 속을 답답히 여김
으로다. 모기장보다도 먼저 방의 문제이나 평생의
원이 큰 방에 살고 싶음이다. 십여 간 혹은 삼사십
첩(疊) 되는 방─웬만한 강당만 하거나 요정의 넓

은 자시끼(座敷)만한 방—가운데 서탁과 의자만을 달롱 놓은 그런 속에서 활달하게 지내고 싶다. 간반(間半)이나 육첩의 방이란 압착기같이 마음을 누르고 모욕한다. 십여간 방에 치는 모기장이란 세상에 보통 없을 법하니 단간에 치는 것이라면 차라리 쓰지 않음이 마음 편한 노릇이다.

선물의 갚음으로 남에게 모기장을 사 보낸 일은 있어도 집에서 쳐본 적은 없다. 그러므로 모기장의 경험으로는 여행할 때 여관방 속에서 지낸 일과 과거 몇 해 동안 달에 몇 번씩 돌아오는 숙직실에서 자지 않으면 안 되던 일밖에는 없다. 동관(同官)들의 담배와 땀내에 절은 숙직실 모기장 속에서 자기란 괴로운 일이다. 지내던 집은 뜰에 나무포기도 많고 화초도 무성하여 철이면 모기가 끓었건만 종시 선향(線香)만으로 몇 여름을 지냈다. 요번 집은 창과 문이 전벽(全壁)의 삼분의 이는 차지하였으나 요행 창밖에 여름 벌레를 물리치는 철사망의 덧창이 달린 까닭에 모기장 없이도 편히 지낼 수 있을 것 같다. 넓은 방을 가지게 될 때 비로소 모기장을 쓰리라고 생각한다. 고집이라면 고집일까.

그러나 그러기 때문에 다음과 같은 실수는 결코 흉내 내지 않으리라고 생각한다. 들은 이야기나 벌써 기억도 어슴푸레하다.

관사 뒤에는 공교롭게도 '부자유의 집'이 있었다. 구속의 유창(幽窓) 사이로, 사건으로 들어간 제자들은 관사 속 스승의 가정을 은밀히 관찰할 수 있었다. 교단에 섰을 때의 엄연한 꼴과는 너무도 거리가 먼 적라(赤裸)의 자태를 발견하고 눈부신 느낌을 금하지 못했을 것이 사실이다. 한 꺼풀 넘어 원숭이의 꼴에 인간된 비애를 느꼈을는지도 모른다.

무더운 무렵이라 관사의 창호(窓戸)는 해방되고 열린 방에는 모기장의 비밀이 여지없이 드러났다. 유창은 어두우나 관사의 모기장 속은 등불이 밝다. 마치 대조되는 그 두 생활의 명암과도 같이 항상 어두운 곳에서는 밝은 곳의 흠이 잘 보이는 법이다. 근심에 싸인 제자들은 모기장 속의 스승 부부—라느니보다는 원시인 자웅의 농탕치는 꼴을 손에 쥘 듯이 바라본 것이다. 잡으락 말리락하는 자웅의 꼴이 물속에 헤엄치는 고기의 꼴 같았는지 벌판에 뛰노는 짐승의 꼴 같았는지는 알 바 없으나 어떻든 그 요절할 엄숙한 광경이 근심 많은 사람들의 하룻밤 파적(破寂)거리는 되었을 것이다. 껄껄들 웃었는지 발을 구르며 고함들을 쳤는지 듣지는 못하였으나 바라건대 그런 비밀을 목도할 때에는 될 수 있는 대로 숨을 죽이고 '경건한' 태도를 가짐이 인류로서의 공덕일까 한다. 모기장으로 돌아가서—그러기 때문에 차라리 섣불리 모기장을 쓰지 않음이 좋으며 쓰려거든 될 수 있는 대로 비밀을 가지기를 삼감이 옳은 것이다.

—「소하수필(銷河隨筆)」, 조선중앙일보사, 1936. 7.

고도기(古陶器)

단골로 대놓고 와 주는 굴 장수 노인은 벌써 보름이나 전부터 겨울 외투를 입었더니 요새는 어느 결엔지 두터운 솜옷으로 변했다. 부엌으로 살며시 돌아와서는 내보이는 굴 동이가 여름보다는 선뜻하고 차 보인다. 젓을 담그면 이튿날로 맛이 들던 것이 일주일을 넘어야 입에 맞게 되었다. 솜옷 입은 노인의 굴 동이와 함께 가을이 짙었다.

서리 온 뒤의 오랍뜰은 지저분하고 흐린 날이 계속되고 짓밟힌 낙엽이 추접하다. 사무소 앞에서는 묵은 난로의 연돌 소제들을 하고 있고 지하실에서는 보일러를 손질하고 검사를 맡는다고 처음으로 불을 땐 것이 경(經) 4척의 아이디얼 식의 가마에 물이 펄펄 끓어 실내가 훈훈하건만 이 3층까지는 아직 증기가 안 온다. 석탄 배급의 제한으로 따뜻한 맛을 보려면 아직도 여러 날을 기다려야 되리라는 것이다. 수로(水爐)에 스팀 안 오는 방은 스산하기 짝 없으며 푸른 빛 적어진 창밖의 풍경도 앙상하고 적적하다. 지난 여름의 추억보다도 닥쳐올 겨울의 생각이 절실한 때이다.

3층이자 지붕 아랫방인 까닭에 천정이 교회당의 첨탑같이 뾰족하게 솟고 네 쪽이 아니라 근 열 쪽이나 되는 벽이 구석구석에서 모가 져서 사각의 상식을 무시하고 다면형의 기괴한 방을 이루었다. 철학자와 시인과를 관련시킨 지붕 아랫방의 기록은 낭만성을 솟게 하는 것이나 눈앞에 실상으로 보고 날마다 살게 되는 지붕 아랫방이라는 것은 그렇지 않은 모양이다. 낭만성은 고사하고라도 위선 거처하기 좋은 곳으로 만들기 위해 시절마다 고심하는 것이나 헛것이다.

될 수 있는 대로 마음이 붙게 되도록 집에서 책권도 가져다가 늘어놓고 먹을 것과 마실 것도 구석구석에 준비해 두고 책상과 책궤의 위치도 가끔 이동시켜 본다.

서남쪽에 한 폭의 창이 있고 그 아래에 스팀이 와 있는 까닭에 날이 선선해지면서부터 책상을 그 옆으로 바싹 대어 놓고 넓은 책궤로 도어 편을 막아 버렸다. 소탁 위에 사전류와 백묵갑을 놓고 컵에 노란 야국을 꽂았다. 벽에는 괘력(掛曆)과 수업 시간표와 구주전국요도(歐洲戰局要圖) 등을 붙이고 서랍 속에는 과당류가 삐지 않는 것이나—그래도 그 무엇이 부족한 것 같아서 하루 저녁은 거리의 골동품점을 뒤지기로 했다.

사치하다고는 생각했으나 화병으로 쓸 고도기를 찾자는 것이었다. 옛것을 제대로 바라봄도 좋으나 꽃을 꽂음이 그다지 어색하리라고는 생각하지 않았다. 몇 곳을 뒤지다가 고색이 창연한 한 집에 이르러 알맞은 것을 발견해 냈다. 조그만 독 모양으로 된 흑갈색의 것이 고구려의 것이라는 것이나 그 연부(然否)는 물론 알 수 없으며 낙랑의 것이거나 고구려의 것이거나 내게는 그다지 소중한 문제는 아닌 것이며 모양과 색깔이 내 구하고자 하는 것일 뿐이다. 야박하다고 생각하면서도 가격의 반액으로 흥정해 버렸다. 돈을 치르고 났을 때 주인인 듯한 젊은이가 들어왔다. 상재(商材)를 구하러 강서 등지의 촌을 종일 헤매이다가 늦게 돌아오는 걸음이 아니었을까. 여인이 반 값에 팔았다는 것을 전할 때 젊은이는 거의 무표정한 얼굴로 도기를 신문지에 싸기 시작했다. 깎은 것이 야박스러웠을까, 나는 거듭 뉘우치게 되었다.

한 개의 헐한 고도기로 인해 방안이 금시에 무게가 생기고 빛나게 되었다고는 생각지 않으나 더욱 차지고 침착해진 것만은 사실이다. 그렇지 않아도 찬 방안을 녹이려면 불가불 스팀이 속히 와 주어야 되겠다. 거무스름하게 빛나는 한 고기(古器)를 바라보면서 느끼는 것은—왜 벌써 고기류가 마음에 들게 되었나 하는 것이다. 격에 맞지 않는 것이라고는 생각하면서 검은 도기는 역시 버릴 수 없는 것이다. 이 마음을 경계해야 옳을는지 믿어야 옳을는지 아직도 모르고 있다.

—「추창수필(秋窓隨筆)」(상), 《조선일보》, 1939. 11. 7.

애완

고도기(古陶器)를 자랑하는 마음과 가령 고양이를 자랑하는 마음과의 사이에는 어떤 차(差)가 있는지는 모르나 옛 것을 즐겨하게 되는 마음을 그다지 경계하지 않아도 좋은 것은 그것은 고양이를 사랑하는 마음 이상의 것이 아니라―도리어 이하의 것임을 안 까닭이다. 수백금의 고물과 한 마리의 얻어 온 고양이와―두 가지가 다 사랑하는 것일 때 눈앞에서 그 하나를 멸하게 된다면 물론 나는 고물을 버릴 것이다. 고양이의 목숨을 살리기 위해 도기를 아낌없이 없애 버릴 것이다. 사실 고양이를 잃어 버리느니보다는 만약 그 죽음을 대신할 수 있는 것이라면 차라리 도기를 깨뜨려 버렸더면 한다. 고양이를 잃었음은 이 가을의 큰 슬픔이다.

오랍뜰이 좁은 까닭에 개를 기르는 것 보다는 고양이를 기름이 적당하다고 생각해서 첫여름 시골서 사람이 올 때 어린 두 마리를 수하물로 부쳐왔다. 24시간분의 양식과 함께 나무 궤에 넣고 화물차에 실어서 수천리 길을 무사히 온 것이다. 낯설은 타관이라 피곤하고 서먹해서 처음에는 비영거렸으나 곧 익어서 제 고장으로 여기고 제집으로 알게 되었다. 뜰에 내려가 꽃포기 속에 숨거나 책상 아래에서 재롱을 부리거나 하는 외에는 방에서나 밖에서나 잠자는 것이 버릇이다. 세상에서 유아와 고양이가 제일 잠 많은 짐승이라는 것이나 아마도 하루의 반 이상을 잠으로 지내는 듯하다. 의자를 하나씩 차지하고는 그 위가 잠터가 되고 밤에는 물론 이불 속으로 기어든다. 앞집에 포인터가 있는 까닭에 근처를 조심스럽게 거닐다가 쫓기기나 하면 쏜살같이 소나무가지 위로 올랐다가 방으로 뛰어 들어와서는 책시렁 위에 당그렇게 올라가서는 거기서 또 안연(晏然)히 잠이 든다. 몇 달을 지나니 사람의 표정과 언어를 얼마간 이해하는 것 같다. 방에서 혼자 그만을 상대로 하고 있을 때 확실히 정의 교류가 생겨 사람 이상의 동무가 될 적이 있다. 영리하고 귀여운 동물이다.

고양이를 싫어한다는 사람이 있어서 이유는 교활한 짐승이라는 것이나 그렇게 말하는 사람 자신이 고양이보다는 열 곱 더 교활함을 알아야 한다. 교활이니 무어니 하는 백 가지의 악덕을 들 때 사람같이 그 모든 것을 알뜰히 갖추고 있는 동물은 없다. 고양이가 아무리 교활하다고 해도 사람에게는 못 미친다. 이런 선입적 증오는 무의미한 때가 많다. 고양이나 개는 물론 소나 염소나 도야지까지라도 악한보다는 월등 순직하고 아름다워서 사랑하기에 값가는 것이다.

앞집에서는 쥐를 잡느라고 쥐약을 부엌 구석에 배치해둔 까닭에 그것을 먹은 쥐가 산지사방에 쓰러진 모양이었다. 고양이는 왜 그리 욕심쟁이인지 내가 야속하게 생각하는 것은 교활함보다도 이 욕심성이다. 쓰러진 쥐를 다친 모양이었다. 가을을 잡아들면서부터 별안간 병을 얻어 날로 축해 갔다.

도서관 아주머니가 간청하는 바람에 눈물을 머

금고 한 마리를 양도한 것이 남은 한 마리가 너무 적적해 하는 까닭에 더 자란 후에 주겠다는 약속으로 다시 찾아온 것이 어떻게 된 셈인지 몸은 벌써 극도로 쇠했던 것이다. 남만을 원망할 수도 없으나 며칠을 못 넘겨 목숨을 버렸다. 그날 아침 나는 잠자리 속에서 두 눈이 더웠다. 부끄러운 김에 얼굴을 돌렸다. 두어 주일이 지났을 때 남은 한 마리도 비슷한 증세인 것이다. 하룻밤 집사람은 보에 싸가지고 수의(獸醫)를 찾더니 소화제인 듯한 산약(散藥)을 몇 첩 지어 가지고 왔다. 설핀 약이 효력이 있을 리도 없어 고양이는 채 이틀을 참지 못했다. 부르제의 소설 〈죽음〉을 읽을 양으로 책상 위에 놓은 채 잠든 이튿날 아침 고양이의 몸은 찼다. 무슨 까닭에 거듭 오는 슬픔인고 느끼면서 가슴이 에이는 듯 쓰라리다. 우울한 가을이다.

괴에 대한 동정 목숨에 대한 사랑인 까닭에 짐승의 죽음은 귀중한 보물을 잃어버림보다도 더욱 가슴을 찌르는 것이다. 슬픔은 사랑에서 온다. 사랑이 없을 때 슬픔도 물론 없다. 사랑하지 않음이 가장 마음 편한 노릇이기는 하나 그러나 슬픔이

클 것을 예상하고 사랑하지 않을 수도 또한 없는 노릇이다. 사랑과 슬픔은 숙명적으로 사람을 얽어 매놓는 한 안타까운 인과인 듯도 하다. 개에는 실패한 적이 없었던 것이 고양이에 실패했다. 지금 마음 같아서는 앞으로 다시 기르게 될 것 같지는 않으나 만약 기르게 된다면 양육법을 착실히 연구함이 옳을 것이요 둘째로는 엉터리가 아닌 좋은 수의가 나오기를 바라야 될 듯하다.

—「추창수필(秋窓隨筆)」(중), 《조선일보》, 1939. 11. 8.

애상(哀傷)

조그만 죽음으로 말미암아 그토록 상심되는 마음을 반성하며 세상에 흔한 더 큰 죽음이라는 것을 생각할 때 딴은 부끄러워지기도 한다. 죽음에 경중은 없는 것이나 짐승보다 더 중할 사람의 경우를 생각할 때 세상에는 얼마나 더 큰 슬픔이 모르는 곳곳에서 사람들의 가슴을 쥐어 흔들고 있을까. 거리에서 마을에서 집집에서 같은 슬픔이 거의 빌 순간이 없을 것이다.

자연은 대체 무엇의 대상(代償)으로 사람의 가슴 속에 그 마지막 슬픔을 못 박아 주는 것일까. 사랑을 준 그 대상으롤까. 그러나 사랑이 아무리 컸다고 하더라도 죽음은 그것의 대상으로는 너무도 크고 무서운 사실임에 틀림없다.

모란봉을 거닐면 짙은 추색(秋色)이 아직도 상줄 만하다. 현무문(玄武門) 앞 다막(茶幕)에 자리를 잡고 앉아서 일대를 부감(俯瞰)함이 가장 절경이다. 발에 밟히는 낙엽이 아니라 눈에 보이는 것은 수목의 상층인 까닭에 영롱한 홍엽과 징벽(澄碧)한 강물과의 대조가 지상의 것 아닌 듯이 아름답고 깨끗하다. 대체 몇 시간을 내려다보면 싫어질 것인고. 혼자 보기 아까운 그렇다고 뭇 사람에게 보이기도 아까운 한 폭이다. 그 특출한 한 폭이 보잘 것없이 변해버릴 몇 주일 후의 광경을 상상하면 거기에도 죽음의 제목이 숨어있다. 고운 나뭇잎 하나하나가 흙속에 묻혀 버릴 것이다. 여윈 나무 휘추리만이 남아서 서리에 얼어버릴 것이다. 득월루(得月樓)에는 달이 숨고 전금문(轉錦門)에는 바람이 찰 것이다. 이것은 대체 안타까운 일이 아니란 말인가. 슬픈 사실이 아닐 것인가. 나뭇잎은 너무도 흔한 까닭에 낙엽은 범연한 현상이며 시절의 변화는 자주 오는 정리(定理)인 까닭에 아름다운 가을이 가버림이 아무 감격도 없는 범상한 사실이란 말인가. 자연의 조락(凋落)을 위해서는 한숨을 안

지어도 좋고 눈물을 안 흘려도 좋단 말인가. 세상에는 몇 사람쯤 그것을 위해 슬퍼하고 애달파하는 사람이 있어도 좋을 법하다. 진부한 애상을 되풀이해서 가는 가을을 아까워해도 좋을 법하다.

그러나 마지막 홍엽을 아무리 탄식해도 흐르는 강물을 아무리 아껴도 자연의 정리는 내게는 힘부치는 것, 그만 방으로 돌아올 때이다. 사랑하는 짐승도 가버렸고 가을도 마저마저 저물어 가고 결국 방에 남은 것은 고구려의 고도기(古陶器)뿐이다. 은근하게 빛나는 흑갈색 윤택 속에 고대의 향기를 맡으며 옛 살림을 생각해본다. 옛 가을이 옛 홍엽이 그 속에 비추어 있는지 뉘 알랴. 그것을 생각하므로 나는 지는 가을을 연장시킬 수 있으며 지난 사랑을 회상(懷想)할 수도 있다. 사랑은 역시 마음속에 있는 것이요 상상 속에서 무한히 지속되어 가는 것인 듯하다.

—「추창수필(秋窓隨筆)」(하), 《조선일보》, 1939. 11. 9.

마리아 막달라

신약을 통독해 가는 동안에 마리아 막달라의 사적에 가장 흥미를 느끼게 된다. 마리아 개인도 개인이려니와 집안의 상태, 누이 말타와 동생 나사로와의 세 식구의 단란, 마리아와 예수와의 사이—모두 흥미의 초점이다. 백천(百千)의 인물이 등장하고 동원되는 서중(書中)에서 인간적인 점으로나 애정과 동감을 일으키는 점으로 마리아같이 주의를 끄는 인물이 없다. 집안이 빈한했던 것은 마리아의 신분으로 추측할 수 있으나 말타와 나사로는 각각 무엇을 하고 있었던지 그 기록이 명료치 않음이 섭섭하다. 가령 나사로는 목양자(牧羊者)였다든지 혹은 천막업자였든지의 전기(傳記)가 있었더라면 얼마나 공상을 더욱 만족시켜 주었을까 생각된다.

마리아가 예수 앞에 처음으로 무릎 꿇은 것은 그들의 일가가 살고 있던 베다니 촌(村) 바리새 교도 시몬의 집에서였다. 예수가 초대를 받아 식사를 할 때 죄 많은 한 여인이 들어와 예수의 발 아래에 무릎을 꿇고 눈물 흘리며 발에 접문(接吻)하고 머리카락으로 발을 닦고 향유를 바를 때 그것을 허물하지 않는 예수를 보고 시몬은 은근히 저 죄 많은 여자로 하여금 몸을 다치게 하누나 하고 불만한 바 있었다. 예수는 시몬의 심중을 살피고 오백 냥과 오십 냥의 부채의 비유로서 죄가 깊을수록 주는 더 용서하신다는 것 마리아의 죄도 다 씻어 주셨다는 것을 말하매 마리아는 예수의 자애를 깊이 감사하게 되었다.

두 사이가 가까워진 것은 이때부터라고 생각된다. 물론 마리아의 예수에 대한 정성은 정신적인 공경과 두려움이고 예수의 사랑은 위대한 자비의 정신에서 나온 것이기는 하나 다른 한편 좀 더 인간적인 사모의 발로로 볼 수 있는 표징이 보이며 그렇게 보는 편이 흥미도 깊다. 한번은 방안에서 마리아와 예수의 이야기 소리가 너무도 자별스러운 것을 보고 부엌에서 일하는 말타가 샘을 내어서 마리아를 책할 때 예수는 마리아에게는 마리아의 맡은 일이 있다고 대답하면서 마리아를 막아주었다는 대문이 있다. 예수가 특히 이 일가를 사랑해서 예루살렘으로 내왕하는 길에 자주 들르게 되어 거래가 잦았던 것이 사실이며 그 사이의 인간적 심정의 교섭을 생각할 수 있고 그것으로서 예수의 다른 일면을 해석할 수 있을 것 같다.

유월절(踰越節)을 앞둔 즉 예수가 예루살렘에서 십자가에 오를 엿새 전 나사로를 살리러 찾아온 것이 일가를 찾은 예수의 마지막 걸음이었다. 마리아의 청으로 집에 다다르니 나사로는 죽은 지 벌써 나흘, 무덤에 이르러 돌이여 물러나라 나사로여 살아나라! 외치니 죽었던 나사로는 살아나게 되었다. 그날 밤 축복의 만찬을 베풀게 되었을 때 마리아는 예수의 은혜에 지극히 감동되어 전에 시몬의 집에서 한 것과 같이 예수의 발아래에 무릎을 꿇고 고가(高價)한 나드의 향유 한 근(斤)으로 예수의 발을 씻고 자기의 머리카락으로 훔치니 기름의 향기로운 방향이 집안에 그득 찼다. 이스카리오테의 유다는 그것을 즐기지 않아 삼백 냥 어치나 되는 기름을 아깝게 발에 바르다니 하고 계정을 부렸으니 그가 예수를 배반하게 되는 심적 동기가 여기서도 한 줄기 포태되었던 듯하다.

예수가 예루살렘에 들어간 후까지도 마리아는 그림자같이 그의 뒤를 좇아 예수를 마지막까지 모시는 한 사람이 되었다. 예수가 십자가를 등지고 골고다에서 갈보리 언덕으로 이른 때 요한들 모인 다섯 사람 속에 마리아는 한 사람이었고 사흘 후 부활의 아침 그 곁에 모신 것도 예수의 모(母) 마리아와 마리아 막달라의 두 사람이었다.

경서에 나타난 것은 이 정도의 기록 밖에는 안 되나 이 작은 소여(所與)의 재(材)로 나는 갈피갈피의 공상을 하고 그것이 즐거운 일의 하나가 되었다. 인간의 한 소중한 기록이 마리아를 둘러싸고 숨어 있을 것 같으면서 그것을 탐구하려는 것이 요사이의 의욕의 하나가 되었다.

—《매일신보》, 1939. 8. 3.

사랑하는 까닭에

    번번이 잘도 끊어지는 기타의 높은 E선을 새로 갈고 메르츠의 〈바르카롤〉을 익혀갈 때 한 소절 한 소절에 열정이 담겨지고 E선은 간장을 녹일 듯한 애끊는 멜로디를 지어 갑니다. 나는 그 멜로디 속에 아름다운 뱃노래를 듣는 것이 아니라 항상 고요한 정경을 그리고 그대의 환영을 그려 보곤 하오. 그러나 이상스런 것은 가장 잘 기억하고 있어야 할 그대의 얼굴이 깜박 잊혀져 아무리 애써도 생각나지 않은 때가 있는 것이오. 애쓰면 애쓸수록 마치 익히지 못한 곡조와도 같이 얼굴의 모습은 조각조각 부서져 마음속에 이지러져버려— 문득 눈망울이 똑똑히 솟아 오르나 코 맵시는 물에 풀린 그림같이 흐려지고 턱의 윤곽이 분명히 생각날 때에는 입의 표정이 종시 떠오르지 않는구료. 코, 입, 눈, 이마, 턱, 귓불— 이 모든 아름다운 것은 한군데 모여 똑똑히 조화되는 법 없이 장장이 날아 떨어진 꽃판과도 같이 제 각각 흩어져 심술궂게도 나의 마음을 조롱합니다. 흩어진 조각을 모아 기어코 아름다운 꿈의 탑을 쌓아 보려고 안타깝게 애쓰나 이렇게 시작된 날은 이지러지기 시작하는 〈바르카롤〉의 곡조와도 같이 끝끝내 헛일이에요. 어여쁜 님이여. 심술궂은 얼굴이여! 나는 짜증을 내며 악기를 던지고 창기슭을 기어드는 우거진 겨우살이를 바라보거나 뜰에 나가 화초 사이를 거닐거나 하면서 톡톡히 복수할 도리를 생각하지요. 요번에 만날 때에는 한시라도 그대를 내 곁에서 떠나게 하나 보지. 하루면 스물 네 시간, 회화할 때나 책을 읽을 때나 풀밭에 앉아 생각에 잠길 때나 내 눈은 다만 그대의 얼굴을 위하여 생긴 것인 듯이 그대의 얼굴에서 잠시라도 시선을 옮기나 보지. 한 점 한 줄의 윤곽을 끌로 마음 벽에 새겨놓거든—그것이 유일의 복수의 방법이라고 생각하니까 말요.

화단의 꽃이 한창 아름다울 제는 여름도 아마 거의 끝나나 보오. 올에는 그리운 바다에도 산에도 못 가고 무더운 거리에서 결국 한여름을 다 지나게 되었소그려. 화단에는 조개껍질이 없으니 바다 소리를 들을 바 없고 뜰 가운데 사시나무 없으니 산 속의 숨결은 느낄 수 없으나 다만 그대를 생각함으로써 나는 시절 시절을 결코 무료하게는 지내지 않는 것은 그대를 그리워함으로써의 모든 안타까운 심정이지 시절의 괴롬쯤이 나에게 무엇이겠소. 그러나 가을, 가까워 오는 가을! 아름답게 빛나면서도 안타깝게 뼈를 찌르는 가을. 새어 드는 가을과 함께 그대를 그리워하는 회포가 얼마나 나의 간장을 찌를까를 나는 겁내는 것이오. 물드는 나뭇잎도 요란한 벌레 소리도 그대의 자태가 내 곁에 없고야 무슨 값있는 것이겠소. 나는 그대를 생각지 않고 자연을 그리워한 적은 한 번도 없었소. 벌레소리 그친 찬 새벽 침대 위에서 눈을 뜬 채 나는 필연코 울 것이오. 자칫하다가는 어린애 같이 엉엉 울 것이오. 이 큰 어린 아이를 달래줄 어머니는 세상에 없을 법하오. 사랑은 만족을 모르는 바다 속과도 같다 할까. 가령 나는 진달래꽃을 잘강잘강 씹듯이 그대를 먹어버린다고 하여도 오히려 차지 못할 것이며 사랑은 안타깝고 아름답고 슬픈 것—아름다우니까 슬픈 것—슬프리 만치 아름다운 것입니다. 내가 우는 것은 그 아름다운 정을 못 잊어서지요. 사랑 앞에 목숨이란 다 무엇하자는 것일까. 희망과 야심과 계획의 감격이 일찍이 사랑의 감동을 넘은 때가 있었던가. 나는 사랑 때문이라면 이 몸이 타서 금시에 재가 되어버린다 하여도 겁나지 않으며 도리어 그것을 원하고자 하오. 사랑하는 님이여! 나를 태우소서. 깨뜨리소서. 와삭 부숴버리소서. 그 순간 나는 얼마나 아름답게 빛날 것인가. 흩어지는 불꽃같이도 사라지는 곡조같이도 아름다운 것은 미의 특권. 그대의 특권같이 세상에서 장한 것이 있겠소. 그 특권의 종됨이 내게는 도리어 영광인 것이오.

사랑을 말할 때에 수백 마디인들 족하겠소. 수천 줄인들 많다 하겠소. 고금의 시인의 노래를 다 모아 보아야 그대를 표현하고 내 회포를 아뢰기에는 오히려 부족한 것을 어찌하겠소. 나는 다만 잠자코 그대를 생각하는 수밖에는 없소. 생각하고 그리고 꿈꾸고— 이것이 나의 지금의 단 하나의 사랑의 길인 것이오. 이 뜨거운 생각의 숨결은 모르는 결에 허공을 날아가 스스로 그대의 가슴을 덮히고 불붙이리라고 생각하오.

이 밤도 나는 촛불을 돋우고 한결같이 님을 생각하려 하오. 초가 진(盡)하면 다른 가락을 켜고 마저 진하면 창을 열고 달빛을 받지요. 그대를 생각할 때만은 나는 끈기 있게 책상 앞에 몇 시간이든지 잠자코 앉을 수 있는 재주를 가졌지요. 아무 것도 하는 법 없이 천치같이 돌부처같이 말 한마디 없이 똑같은 모양으로 언제까지든지 앉았을 수 있어요. 나는 언제부터 이 놀라운 재주를 배웠는지는 모르오. 가난은 하나 세상에서 따를 사람 없을 이 놀라운 재조를!

청명한 품이 오늘 밤에는 벌레소리도 어지간히는 요란할 것 같으오. 가슴속이 한층 어지러워지질 것이나 그러나 그대를 향하여 뻗치는 생각의 열정은 공중을 달아나는 외줄의 쇠줄과도 같이 곧고 강하고 줄기찰 것이오. 생각에 지쳐 자리에 쓰러지면 부드러운 달빛이 왼통 내 전신을 적셔줄 것이니 부디, 님이여, 달빛을 타고 이 밤에 내 꿈속에 스며드소서. 그대의 날개가 자유롭게 들어오도록 나는 벽마다의 창을 모두 활짝 열어젖히리다. 뜰 앞에는 장미 포기가 흔하니 가시에 주의하시오. 꿈속에서 붉은 피를 본다면 내 얼마나 놀라서 기겁을 하고 눈을 뜰 것을 생각해 보시오.

답장은 길고 두툼하게. 우표를 두 장 석 장 붙이도록―우표를 한 장만 달랑 붙이는 사랑의 편지란 세상의 웃음거리일 것이오. 다음 편지까지 부디 안녕히 계시오. 편지 속에는 쌀 것이 없으니 또 이 눈물을 싸리다. 아무 이유도 없는 다만 아름다운 내 이 눈물을.

―「순정의 편지―〇〇에게 보내는 글발」, 《여성》, 1936. 10.

쇄사(瑣事)

큰일에는 크고 작은 일에는 작게 사람은 누구나 항상 일종의 두려움을 일상생활에 있어서 허다하게 경험하게 되니 그런 경험은 생활을 꾸며가는 정감의 한 요소가 된다. 두려움은 긴장을 가져오고 긴장이 풀린 후에는 안심이 와서―여기에 비범한 생활의 흐름이 있다. 무사태평한 생활보다는 그 편이 한결 보람 있는 생활이 되지 않을까.

병이 잦았던 까닭에 근대 의료의 세례를 알뜰히도 받은 나였만은 치과의를 찾게 되었을 때 나는 어지간히 겁을 집어 먹고 미리부터 친구들에게 탐문하여 명의를 수소문하고 치료 받을 때의 아픈 정도를 헤아리곤 하였다.

짜장 병원 문안에 발을 들여 놓게 되었을 때에

는 참으로 여러 날의 이러한 준비 공작을 거친 뒤였다. 나는 나를 뛰어나게 담대한 사람이라고는 생각하지 않지만 그렇다고 유달리 겁쟁이라고도 생각하지는 않는다. 비록 겁쟁이가 아니라 하더라도 사람에게는 누구나 아무리 사소한 일상생활의 체험에도 복잡한 심리의 움직임이 있고 정감의 유동이 있음을 말하고자 함이다.

어금니 한 대가 쏘기 시작한 지 여러 달 되었다. 벌레가 침범한 것이었다. 아마도 신경의 갈래가 겉으로 솟아나왔음인지 우연한 서슬에 혀로 조금만 다쳐도 찌르르 아프고 날이 차면 또한 그편 일대가 몹시 쑤시곤 하였다. 찬 과실을 먹을 때에도 조심되고 레몬 스쿼시를 마실 때에는 입 한편 구석만으로 머금지 않으면 안 되었다. 그래도 찬 기운은 어느 결엔지 그편으로 옮겨져 가서 아픈 이를 사정없이 위협하였다. 레몬의 향기는커녕 단맛도 똑똑히는 알려지지 않았다. 음식의 구미는 줄어버리고 생활의 흥미는 탕감되었다. 그러면서도 그대로 몇 달을 참은 것은 신변이 분주도 하려니와 역시 두려운 생각이 용기를 방해함이었는지 모른다.

이러한 생활적 소극성을 극도로 미워하면서도 실상에 있어서 가끔 그 지배를 받게 됨을 한 되게 여긴다. 병으로 말미암아 반생 동안에 거의 삼사백 대의 주사를 맞아왔고 잦은 때에는 양편 팔 정맥에 구멍이 숭숭 뚫린 때조차 있었으나, 그러나 그것으로써도 오히려 근대 의료법에 대하여 익숙하여지고 대담하여졌다고 자랑할 것은 못되는 모양이었다. 어떻든 치과병원 문안에 들어서서 높은 의자에 걸어앉을 때까지도 흥분이 좀체 사라지지는 않았다.

정미(情味)라고는 조금도 없이 보이는 후리후리하고 무뚝뚝한 선머슴 같은 의사는 미소 한 조각 띠지는 않았다. 더한층 언짢은 것은 맞은편 벽에 걸린 그의 사진이니 그 사진은 웃음을 띠기는 하였으나 두 줄의 뻗은 이빨을 드러내놓고 탄구대소(綻口大笑)하는 그 얼굴은 결코 정미를 자아내게 하는 류의 것은 아니고 벽 이곳 저곳에 붙인 이빨의 도해(圖解)와 함께 징그럽고 섬찟한 것이었다. 핀셋 집게 바늘 주걱 등의 도구를 갖추어 놓더니 이를 검사하려 들었다. 윗줄 맨 구석의 어금니였다. 반

이상 벌레의 밥이 되어 버린 이는 주걱이 닿을 때 유심히 저렸다. 나는 모르는 결에 꿈틀꿈틀 몸을 요동하였다.

저작(咀嚼)에는 아무 도움도 못되는 소용없는 이임을 알았다. 신경을 죽이고 치료함에는 약 이 주일이 걸리므로 차라리 빼어버림이 나음을 의사는 말하였다. 애틋한 생각도 나고 두려운 생각도 나서 치료를 단념하고 빼기로 결심할 때까지에는 약간의 주저가 있었다. 결심을 듣고 의사는 비로소 빙그레 웃음을 띠고 장기를 갖추더니 주사기에 마취제를 조합하여 넣었다. 닛검의 부드러운 점막이므로 팔의 정맥과는 스스로 경우가 다르다. 바늘 끝에서 약즙이 다 잦을 때까지 나는 몸을 징긋이 틀고 있었다. 잠깐 동안을 두었다가 의사는 이윽고 집게로 이를 흔들기 시작하였다. 마취가 철저하지 못한 탓인지 아프기는 일반이었다.

별것이 아니다. 집게와 이와 결어가지고 씨름을 하는 셈이었다. 집게 가는 대로 나의 이는, 얼굴은, 전신은 질질 끌렸다. 흔들리는 이뿌리에서는 쓴 약즙이 새어서 입 안에 고였다. 양치를 하고나서 씨름은 계속되었다. 마지막 힘으로 불끈 결었을 때 이는 드디어 빠지고 말았다. 소독하고 양치하고 탈지면을 징긋이 물고 있는 동안 피는 여전히 솟아 입 안에 그득 엉겼다. 나는 벌써 안심하고 눈을 감고 고요히 앉아 있었으나 나머지의 아픔이 전신에 우럿이 파도쳐 흘렀다. 위대한 경험을 겪은 뒤 같았다. 몇 분 동안의 침통에 지나지 않았건만 긴장되고 흥분된 전신에는 그것이 실상 이상으로 과장되어서 육신과 정신을 얼근하게 뒤흔들었다. 그 짧은 동안에 여러 가지 기구한 생각이 솟아올랐다. 별안간 원시시대에 칼을 불려가지고 종기를 쨌을 때의 광경이 떠올랐다. 침통에 잠겨 있는 산부(産婦)의 모양이 떠올랐다. 전쟁의 잔인함이 생각났다. 모든 고통의 뜻이 새삼스럽게 음미되었다. 산부의 고통이나 살육의 고통에 비겨 이의 고통쯤은 참으로 하잘 것 없는 것임을 짐작할 때 잠깐 동안에 겪은 공포의 염과 비겁의 양자가 부끄럽게도 생각되었다. 그러나 고통이 지난 후의 안심이 커다란 만족을 일으켰음은 사실이었다.

세상에서 가장 싫은 것이 고통임을 절실히 깨달은 것도 사실이었다.

고통의 심도는 다르다 할지라도 치통이나 전쟁이나 고통임은 일반일 것이다. 치통에는 치통의 괴롬이 있는 것이니 이것은 결코 수월한 것이 아니요 전쟁에는 전쟁의 괴롬이 있으니 이것은 물론 말할 수 없이 무섭고 끔찍한 것이다. 그러나 전쟁에 나가는 용사라고 치통의 괴롬을 느끼지 않을 바 아니요 치통을 두려워하는 겁쟁이도 막상 그 경우를 당한다면 전쟁에 못나갈 바도 아닐 것이다. 그때 그때에 닥쳐오는 고통은 그 대소를 물론하고 다 같은 성질의 다 같이 귀치않은 것임에 틀림없다. 고통이 물결쳐 올 때 이를 악물고 그것을 징긋이 참아나가는 뱃심과 담이 있으면 족한 것이다—이런 생각도 났다.

다음날 다시 한번 찾기를 약속하고 새 탈지면을 입에 물고 병원을 나왔을 때 피는 여전히 입 안에 고여 자주 걸음을 멈추고 뱉지 않으면 안 되었다. 그러나 이제는 벌써 떳떳한 미각을 가지고 과실을 먹을 수 있고 밀수(蜜水)를 마실 수 있고 레몬

스쿼시를 맛볼 수 있음을 생각할 때 마음은 말할
수 없이 개운하였다.

—《백광》, 1937. 5.

소요(逍遙)

1.

학교가 교외의 새 집으로 옮아온 까닭에 따라 근처로 이사를 해봤어도 아침 저녁 고개를 넘으려면 근 15분이 걸린다. 풀이 우거진 산속 기름길을 천천히 걸으면서 알맞은 산책의 셈을 댄다.

산을 사이에 두고 이쪽과 저쪽의 성격이 판이하게 다르다. 거리로 향한 쪽은 도진(都塵)에 끄슬렸고 학교로 향한 쪽은 아직도 정하고 조용하다. 비탈 군데군데에 날림으로 꾸며둔 방공호가 비바람에 무너져 조그만 문이 두더지의 굴인 양 바라보인다. 안에 물이 고이고 서리가 돌아 발 들여 놓을 곳이 없어 보이나 그래도 곧잘 거지의 소굴이 되고 벼락패의 랑데뷰의 곳이 된다고 한다.

한 걸음 기름길을 들어서면 풍치가 달라지면서 수목과 잡초의 향기가 벌써 항간의 냄새가 아니다. 해가 쪼이는 날이면 나무그늘 속 길 위에 해와 그림자의 무늬가 아롱아롱 반점을 이루어 귀여운 짐승같이 발 위에 해롱거린다. 산 갈피 그 어디서인지 아리랑의 창조(唱調)가 들려오는 때가 있고 소나무 그늘 아래에서는 낙엽을 긁어 모는 아낙네가 유유히 움직인다. 물든 나뭇잎과 노란 잔디와 뭉숫한 무덤과 돌부처들과— 이런 것들을 바라보며 멀리 맞은편 비탈에 백악(白堊)의 교사가 초속(超俗)의 전당같이 점재(點在)하고 있다.

　그러나 백악(白堊)의 교사는 초속(超俗)의 전당이 아니다. 앞뜰에서는 어제 교외연습을 나갔던 학도들이 기총소쇄(機銃掃洒)에 분주하고 건너편 밭둑에서는 수백의 개로운동(皆勞運動)의 가정부대들이 길 닦기에 정신이 없다. 제복을 입지 않은 각인각색의 평복의 인상이 산만하고 느릿하면서도 벌판에는 어느 결엔지 탄탄한 길의 모습이 이루어진다.

2.

초속(超俗)의 경지를 구하려면 여기에서 또 한 고비 고개를 넘어야 한다.

부영주택(府營住宅)들이 들어선 언덕 옆 고개를 넘으면 야트막한 구릉지대가 어디까지든지 뻗쳐서 봉긋봉긋한 언덕과 평퍼짐한 긴 등과 얕은 골짝들이 무수히 기복(起伏)되어 연(連)했다. 굴속을 들어서니 문득 눈앞에 전개되었다던 그런 비밀의 고장처럼 이 지대는 거리에서 완전히 떨어져 고요한 숨은 기쁨을 준다. 잔디 깔린 언덕을 넘어서면 앞에는 또 다른 언덕이 준비되어 양지쪽 등에 떡갈나무와 향나무가 서서 그늘 아래로 사람을 이끈다. 채색된 지도같이 그 넓은 구석구석에 무엇이 숨어있는지 헤아릴 수 없는 아름다운 지대이다.

발아래에 철늦은 야국과 석죽(石竹)이 밟히는 때가 있다. 계절을 마지막으로 지키고 있는 자줏빛과 분홍의 조화―이것은 참으로 가련한 조그만 기쁨이다. 진홍빛으로 물든 풀잎이 있다. 밟기가 아까워 그 자리를 둘러서서 바라보노라면 문득 왕성한 식욕을 일으켜 주곤 한다. 비늘구름 깔린 푸른 하늘보다도 더 아름답다. 아름다운 것은 폭이 아니요 점이다. 점의 인상같이 강렬하고 절대적인 것이 없다. 야국이며 석죽이며 진홍빛 풀잎이며 비늘구름이며—이것들은 모두 흡사 모차르트의 한 토막의 주제같이도 아름다운 것들이다.

무엇하는 집인지 언덕 아래에 붉은 기와를 인 큰 한 채가 있다. 홀인 듯한 넓은 대청 옆으로 무수한 조그만 방이 붙어있는 듯 짐작되고 뜰에는 꽃밭이 있는 모양이다. 어떤 사람이 사는 것인지 이 현대적인 백이숙제의 수양산 고사리 대신에 뜰의 염소젖을 짜먹고 살아갈 살림이 행복된 것으로 여겨진다. 맞은편 농가에는 콩 낟가리가 쌓였고 햇병아리 소리 나고 황소가 누워있다.

이 구비를 돌면 먼 맞은편 언덕에 또 한 채 흰 집이 보인다. 이 역 무엇하는 집인지 헤아릴 수는 없는 것이요 그럼으로 한결 아름답고 마음 편히 느껴진다.

3.
언덕에서 언덕으로 골짝에서 골짝으로의 편력이

가벼운 피로를 일으켜 머릿속의 무거운 심지를 얼마간 누그려는 준다.

그러나 산간으로의 소요가 참으로 행복되었던 것은 워즈워스에게 있어서였지, 현대인에게 있어서는 아닐 법하다.

야국과 수선화와 종달새와 벗하면서 자연의 자비와 공포를 느낀 순수하고 깨끗한 심정이 오늘과는 인연이 멀다. 낭만의 여명기에 있는 사람이요 오늘은 그 말기에 있는 까닭이다. 르네상스를 지은 시대와 그 만가를 불러야 하는 시대와의 거리는 멀다. 워즈워스를 흉내 내고 모방하려함은 얼마나 어리석고 어줍지 않은 짓이랴. 언덕을 소요함은 다만 피로를 느끼자는 것이다. 피로로 인해 머릿속의 심지가 가벼워지는 것이다.

4.

책상으로 돌아오면 토마스 만의 작품이 펴져 있다.

만은 20세기 시민사상의 마지막 보루를 지킨 작가의 한 사람일 듯하다. 시민문학의 찬란한 마지막 한 송이일 듯싶다.

만의 이상은 범용한 시민의 행복에 있는 듯하다. 높은 정신적인 혹은 예술적인 초려(焦慮) 속에서 헤매이다가 문득 범용(凡庸) 속에 편편한 애착을 느끼고 돌아오려 한다. 이미 너끈하다. 비범과 평범, 예술과 세속, 정신과 현실—이 초극하기 어려운 이원(二元)의 갈등에서부터 만의 예술은 시작되었다. 전자로 치우칠 때 필사적인 초조가 있고 후자로 치우칠 때 거기에는 퇴폐의 길이 붉은 융단을 펴고 기다리고 있다. 만은 데카당으로 이르는 한 걸음 전에서 간신히 몸을 솟구고 벋디디고 섰는 형용이다. 동감을 자아내는 소이(所以)가 여기에 있다. 「토니오 크뢰거」가 「광대」가 「베니스에서의 죽음」이 모두 그러하다.

만은 마지막 동무이다. 서재의 우울이 이로 말미암아 얼마간 흩어져간다. 시민문학의 마지막 송이 시민생활의 마지막 동무가 만이다.

5.

추야장(秋夜長), 긴 밤에 동무를 찾으니 화분이

놓인 방에 불을 돋우고 친구에게서 왔다고 내보이는 편지, 웬일인지, 가슴을 친다.

작가인 그는 체홉의 「지루한 이야기」를 읽었다고 고하고 이번에 사정이 있어 교직을 물러섰다는 소식을 전해왔다.

한가하게 집에서 책이나 읽겠다는 하소연이 웬일인지 그렇게 만은 안들리고 복잡한 심경을 암시해서 이웃 마음을 산란하게 한다. 쓸쓸한 가을밤이다. 벌레 소리도 없는 깊은 가을의 짙은 밤이 괴괴하게 누리를 뒤덮고 있다.

동무는 차를 달여 내오더니 일어서 책장에서 체홉 전집의 한 권을 뽑아왔다. 「지루한 이야기」에서 차례차례 「6호실」로 말이 옮아갔다.

교탁에서 만을 읽고 온 내게 체홉은 또 다른 의미로 친애감을 가지고 접근해온다.

"다시 체홉을 읽기 시작했어요."

동무의 고백이 심상하게만 들리지는 않아서 나도 문득 다시 그에게 유혹을 느끼기 시작한다.

「6호실」의 페이지를 들척들척 헤치더니 동무는 한 구절을 손가락질했다. 어느 페이지의 어느 한 구절이라도 좋은 그런 한 구절이지만 그것이 그렇게 새롭게 여겨지고, 느껴짐은 웬일이었을까.

"참, 견딜 수 없는 일야. 이 모퉁이에 이야기 동무 한 사람 없다니 함께 가슴을 헤칠만한 지식계급이 한 사람두 없다니 견딜 수 없는 일야. 쓸쓸하기 짝 없어."

범상한 이 늙은이의 고백이 결코 범상하게만 들리지 않는 것이다. 범상하면서 범상하지 않은 것이 체홉의 예술이다.

체홉은 아마도 가장 가까운 동무일 듯 싶다. 가까운 바로 이 모퉁이 이웃에 사는 정다운 동무이다. 더욱이 추야장 쓸쓸한 이 긴 가을밤에는.

나도 다시 한 번 그를 찾아볼 유혹을 느끼면서 동무 집을 나왔을 때 밤은 더욱 깊다.

"체홉. 체홉."

또 다른 동무에게 이 내 마음을 그대로 전해주고도 싶은 심경이다.

11월 13일 고(告)

—《삼천리》, 1941. 12.

생활의 기록

—바다로 간 동무에게

별일 하는 것 없이 한 여름을 거의 다 보내고 있습니다. 일도 일이려니와 올에는 바다에도 못 가고 산에도 못 오르고 더운 한 고패를 거리에서 지내게 되었습니다. 산이니 바다니 듣기만 하여도 그리운 소리니 피서라는 것을 일률로 심술궂게 조롱만 할 것은 아닌 것이 한 철 동안 건강을 길러 새 힘으로 업을 남기게 될 수 있다면 이 역 필요하고 중한 일이라고 생각합니다. 피서를 못간 신세의 저로서도 바다에 가신 형을 굳이 원하고 게염내지 않는 까닭이 여기에 있습니다. 가을 일을 위하여서 부디 남은 여름 햇발을 알뜰히 몸에 받아 인도 사람같이 새까맣게 타 오십시오. 바탕은 여전하더라도 빛이나 탐탁하게요. 빈약한 체질이라 하는 소리가 아니라 남의 곱절 되는 몸을 가진 비대한(肥大漢)같이 우둔하고 보기 흉한 존재는 없는 것 같습니다. 곱절 되는 육체를 채우려면 아무리 하여도 생산가치의 곱절을 소비하면 했지 덜 하지는 않을 것이니까 말입니다. 즉 한 사람을 채우기에 곱절의 노동력이 들 것이니까 말입니다. 대체 한 사람에게 얼마나 큰 육체가 필요하며 얼마만큼의 양식이 필요해야 하는지 이것도 문제 고찰의 한 조그만 조각이 되리라고 생각합니다. 어떻든 비대한이란 신통하게도 다 같은 세기의 한 유형인 것입니다.

피서는 못 갔다 할지라도 칠십 평 남짓한 주택 속에서 그다지 무덥게는 지내지 않습니다. 뜰에는 앞뒤에 초목이 무성하고 집에는 대문까지 합하여 창과 문이 사십여 폭이 달렸습니다. 벽의 집이 아니고 창과 문의 집입니다. 초목 속에 그윽하게 가리워져 있는 창속은 제법 부러울 것 없는 피서장(避暑莊)입니다. 원래 푸른집인 데다가 겨우살이가 함빡 덮쳐 붉은 지붕과 벽돌 굴뚝만을 남겨 놓고는 왼통 새파란 겨우살이의 집입니다. 푸른 널을 비스듬히 달고 가는 모기둥으로 고인 갸우뚱한 현관 차양은 바로 산비탈에 선 산장의 그것과도 흡사합니다. 이른 아침 겨우살이 잎에 맺힌 흔한 이슬방울이 서리서리 모여 아랫잎 위로 뚝뚝 떨어지는 소리를 듣기란 산골짝 물소리를 듣는 것과도 같이 금시에 시원한 산의 영기를 느끼게 됩니다. 집을 설계한 사람은 아마도 산을 무척 좋아한 사람인 듯합니다. 머루 다래의 넝쿨 없음이 서운은 하나 드레드레 열매 맺힌 포도 넝쿨로 대신할 수 있겠고 바람에 포르르르 날리는 사시나무 없음이 한 되나, 잎이 같은 탓으로 대추나무 보고 만족할 수도 있습니다. 동편으로는 기자릉(箕子陵) 송림 위로 모란대와 을밀대가 우러러 보이고 그 아래에 깔린 버밭이 보이고 옆으로는 익기 시작한 능금밭이 보입니다. 서에는 거리의 한 부분과 풀밭과 그 위에 누운 소와 말과 아귀아귀 풀 먹는 염소가 눈에 띕니다. 뜰은 그림자 깊은 기름길만을 남겨 놓고는 흙 한 줌 보이지 않게 일면 화초에 덮였습니다. 장미와 글라디올러스와 해바라기는 한철 지났으나 촉규화 맨드라미 반금초 금잔화 메

꽃 제비초 만수국 플록스 달리아가 한창이며 더욱이 봉선화와 양귀비와 채송화는 가장 화려하고 찬란합니다. 코스모스도 얼마 안가 피려니와 담장 밑 고목에 얽힌 울콩꽃이란 꽃다지같이 다작다작 달려 한층 운치를 더하여 줍니다. 옥수수포기 호박넝쿨도 귀한 것이어니와 가지밭, 토마토 송이도 버리기 어려운 것입니다. 소나무 벚나무 버드나무 황양목 앵두나무 대추나무 능금나무 배나무 포도 시렁—이 모든 것을 나는 얼마나 사랑하고 끔찍이 하는지 모릅니다. 그것은 모두 나와 같이 살아가며 나의 생활과 함께 뜻있는 것입니다. 한 포기 한 잎새가 나의 살이요 피입니다. 나는 옷을 벗고 잠방이 하나만을 걸치고 그 초목 속에 묻혀 그들과 완전히 동화되기를 원합니다. 다만 그 마지막 잠방이까지를 벗어 버리지 못하는 사람 된 비애를 불서럽게 여길 뿐입니다. 초목은 벌거숭이의 나와 함께 즐겨하며 뭇 감정을 나눕니다. 뜰의 초목은 온전히 나를 위해서 있는 것 같습니다. 마음이 한없이 즐겁고 뛰놀 제는 그러므로 시절을 따라 변하는 초목과 함께 나의 표정과 감정도 변하는 잎새. 가을바람이 불기 시작하여 초목이 물들기 시작하고 시들어 가려할 때 나의 마음은 얼마나 애달퍼질까를 짐작할 수 있습니다. 남쪽 창에 그득차 있는 오늘의 이 화려한 뜰의 내일을 생각할 때 나의 마음은 벌써 서글프게 물듭니다. 뼈를 에이는 듯한 노스탤지어를 느끼게 되는 것도 이런 때입니다.

나같이 슬픈 인간―슬픔을 많이 느끼는 인간도 적을 법합니다. 나뭇잎의 동정에도 눈물질 때가 있고 역에서 흘러오는 기적 소리에도 마음 스산한 때가 있습니다. 안정할 바를 모르고 늘 떠있는 넋입니다. 사실 글자대로 마음의 고향이 없어요. 오늘 이 으늑한 집 속에서 초목과 함께 마음을 잡고 있으나 나뭇잎이 날리기 시작하는 날, 마음도 또한 지향 없이 날아날 것입니다. 그 어느 다른 모르는 곳에 그리운 사람이 있고 그리운 곳이 기다릴 것 같이 짐작됩니다. 막상 그 곳에 다다르면 도리어 이곳이 그리워지고 그리운 사람은 가장 가까운 곳에 있었던 것을 알게 되는지 모릅니다. 그러나 그것과 이 그지없는 마음의 방랑과는 늘 어긋나는 것입니다. 꿈을 찾아 정처 없이 내닫고 싶은 마음, 한정 없이 간 곳에 필연코 찾는 꿈이 있으려니 짐작됩니다. 혹은 없을는지도 모르지요. 그 잃어진 꿈을 생각하고 그 무엇이 늘 부족한 현재를 생각할 때 마음은 마치 벌레소리가 일시에 자지러지게 울리듯 금시에 왈칵 서글퍼지며 눈물이 배짓이 솟습니다. 음악의 마지막 마디가 사라졌을 때와도 같이 마지막 손님의 발소리가 문 밖에 멀어도졌을 때와 같이 애닯습니다. 사람이란 천상 외로운 물건입니다. 외로운 속에서 다 각각 자기의 꿈을 껍질 속에 싸가지고 궁싯궁싯 서글픈 평생을 보내는 것입니다.

밤이면 벌써 제법 벌레소리가 어지럽습니다. 가을 벌레소리 같이 창자를 끊는 것은 없습니다. 먼 생각에나 잠길 때에는 구슬픈 벌레소리는 가슴속을 암팡지게 파고듭니다. 침대 마구리를 붙들고 엉엉 울고 싶은 때조차 있습니다. 그런 때 심회란 첫사랑에 우는 어린 가슴 속과도 같으나 그러나 소년시대의 감상(感傷) 이상의 그 무엇―태곳적부터 사람의 생활을 꿰뚫고 일종의 안타까운 심사가 가슴을 쥐어 뜯는 것입니다. 현실과 꿈 사이에 거리가 있고 그 거리가 영원히 주름 잡힐 가이없는 한 이 심사는 사라지지는 않을 것입니다. 사람은 가지가지의 욕심과 감정을 이럭저럭 정리할 수 있는 것이나—가령 노염의 감정 기쁨의 감정 등을 각각 적당한 방법으로 정돈할 수 있는 것이나 이 슬픔의 감정만은 알맞게 정리하기가 거북하고 어려운 듯합니다. 감정 중에서도 가장 아름다운 이 감정—슬프니까 아름답다고밖에는 말할 수 없으나—늘 사람은 하는 수 없이 가슴을 빠지지 태우고 가만히 눈물을 흘리면서 실마리가 진할 때까지 그대로 참고 받아들이는 수밖에는 없습니다. 그 외에 어쩌는 수 없는 것입니다.

오늘밤에도 벌레소리는 요란한 것 같습니다. 청명한 날 밤에는 이슬이 많고 이슬 젖은 밤에는 벌레가 요란하니 말입니다. 책상 앞에서 불을 돋우고 얼마나 마음이 쓸쓸할지 모릅니다. 이 푸른집을 떠나 마음은 한결같이 다른 푸른집을 구하는 것입니다. 그것이 어디 있는지는 물론 모릅니다. 책상 앞을 그리는 마음과 창 너머의 푸른 하늘을 그리는 모순된 이 두 가지 마음. 책상은 탐탁하나 푸른 하늘은 찬란한 눈앞의 꽃밭보다도 더 한층 매력 있는 것을 어떻게 하겠습니까.―가을인 까닭입니다.

가을의 글이란 산만하고 두서 없어―마치 걷잡을 수 없는 마음의 꼬리와도 흡사합니다. 슬픔의 명제를 말하고자 하였으나 생각의 실마리는 마음의 꼬리와 함께 푸른 하늘 너머로 사라져 버렸습니다. 해가 기우니 뜰 앞 초록은 더 한층 신선해 보입니다. 붉은 꽃은 반대로 어두워지고구요. 이것은 아름다운 조화라고 생각됩니다. 창밖 벚나무 가지에 참새 한 마리 날아와 갸우뚱거리며 잎새를 쪼으면서도 팔만 뻗치면 닿을 만한 짧은 거리임에도 그는 나를 돌아다보지 못합니다. 사이에 철사망의 덧창이 가리어 있는 까닭입니다. 그러나 나는 참새의 거동을 지척의 눈앞에 손에 쥐일 듯이 내다보는 것입니다. 나는 문득 한 토막의 암시를 발견합니다. 창밖 꿈을 나는 손에 잡을 듯이 내다보나 꿈은 나를 바로 들여다보지 못합니다. 여기에도 한 토막의 서글픔이 있습니다. 가을은 안타깝습니다.

바다에 계신 까닭에 뜰 이야기를 많이 적었으나 도회로 돌아오시면 거리의 이야기를 써 보내지요. 부디 남은 날을 즐기시다 건강한 몸으로 돌아오십시오. 조수냄새와 파도소리를 그리면서 붓을 놓습니다.

—「가을바람에 부치는 편지」, 《조광》, 1936. 10.

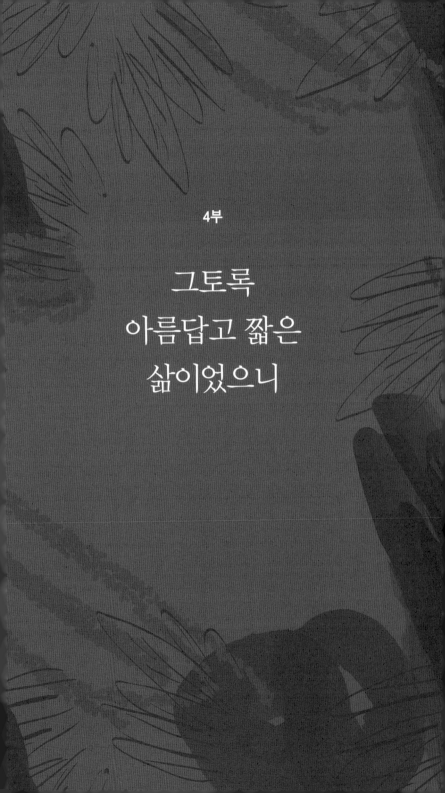

4부

그토록
아름답고 짧은
삶이었으니

독서

　시기가 늦게 도스토예프스키를 읽으면서 세상의 소설가는 도스토예프스키 한 사람임을 새삼스럽게 느꼈다. 고금의 수많은 모든 소설가를 모조리 없애 버린다고 하더라도 꼭 한 사람 도스토예프스키만을 남겨 놓는다면 소설의 세계에는 족한 것이다. 인간을 그리는 것이 소설의 본도(本道)라면 도스토예프스키같이 뭇 인간을 낙자가 없이 잘 그린 작가는 없었다. 아무 인간이나 한번 그의 손아귀에 걸리면 뼛속까지도 허물어 벗기고야 만다. 도스토예프스키는 무거운 작가다. 조물주의 버금가는 사람이거나 그렇지 않으면 악마이거나 하다. 온전한 보통 사람이고야 그렇게까지 인간의 비밀을 샅샅이 허벅거려 낼 수는 없을 것이다.

나는 이제 와서 늦게서야 도스토예프스키 문학의 진미를 알게 된 것을 유감되이 여긴다. 전에도 그의 문학을 더러 읽지 않은 것은 아니나 진짬으로 그 좋음을 알게 된 것은 비로소 오늘에 이르러서이다. 그때 그의 문학을 통독할 기회가 있었던들 오늘같이 그를 이해하고 즐기지는 않았을는지도 모른다. 역시 오늘 그를 알게된 것이 다행인지도 모른다. 어릴 때 체홉을 통독한 일이 있었으나 그를 참으로 알았다고는 할 수 없었다. 체홉을 안 것도 역시 오늘이다. 오늘 체홉을 읽으면 그때에 놓쳤던 무수한 좋은 맛이 비로소 알려지는 것이다. 한 작가를 읽음이 일렀다고 소득이 대중없이 많은 것도 아니고 늦었다고 그다지 손(損)가는 것도 아니다. 이 점 후대의 작가는 안심 하여도 좋은 것이다.

도스토예프스키의 문학은 답답하고 어둡고 심술궂고 고약하고 끔찍하고 무섭고 지루하지만 그의 제작의 근본 동기는 사랑에 있는 듯싶다. 작중에 나오는 인물들이 대개 우울하고 괴팍스럽고 성미가 복잡하고 때로는 악마의 풍시(風貌)를 띠는 것이나 그 근본 심정들은 거의 착하고 무르다. 작자 도스토예프스키는 의식적으로 그런 인물의 창조에 주의를 기울인 것 같고 그의 모든 작품의 주제는 사랑의 고창(高唱)에 있는 듯싶다.

"그(인생의) 목적이라는 건 별것 아니다. 이이사가 날마다 시간마다 아니 한평생 동안 끊임없이 자기에 대한 그의 다정(多情)을 느껴 두었으면 하는 것이었다. (어떤 인간에게든지 이 이상의 목적은 있을 것이 아니요 또 있을 수 없는 것이다!)"

답답한 웰리차니노프의 꼭 하나의 속심정은 이것이었다. 툴소스키와의 기묘하고도 복잡한 관계를 가지고 있으면서 정리되지 못한 어지러운 생활 속에서 원하는 것은 꼭 한 가지 이것이었다. 지난날의 과오로 떨어뜨리게 된 유일의 혈윤(血胤) 이이사에게 대한 사랑은 날로 간절해가서 갖은 툴소스키의 박해에도 굽지 않고 이이사를 구원하려고 노력하고 마음을 바순다. 이이사가 클로오냐의 별장에서 병 들어서 드디어 세상을 떠나게 되었을 때의 웰리챠아니노프의 비명은 얼마나 큰 것이었던가. 그의 복잡한 인생의 유일의 목적은 이이사를

사랑하고 기르고 나꾸자는 것이었다. 그러한 희망
도 앞길도 없는 그는 단 한 사람 이이사에게 모든
희망을 걸고 있었던 것이다.

인생 유일의 이념을 사랑에서 찾는 것쯤 누구
나 하기를 즐겨하고 하는 일이나 도스토예프스
키를 읽을 때에는 그것이 마치 금시 하늘에서나
떨어져 온 새로운 이념인 듯도 한 신선미를 가
지고 육박해 온다. 역시 작가적 재능과 수완으
로 말미암은 듯하고 그의 우울한 인생에 접해 오
면 마지막 결론에 이르러 사랑을 찾는 외에는 도
리가 없는 것이다. 그러므로 그의 사랑은 언제나
새로운 것이다.

지드는 그런 뜻의 말을 했던 것 같으나―도스
토예프스키는 위대한 산맥이다. 이로 광맥이라고
할 것이 아니라 수다의 광맥과 그 외의 가지가지
의 것을 품은 위대한 산맥이라고 할 수밖에는 없
다. 뭇 산들과 흐름이 여기에서 기원된다. 근대문
학의 수많은 흐름은 그 근본을 캐어보면 참으로
모두 도스토예프스키의 문학에서 발원된 것들이
다. 근대문학의 모든 요소와 방향을 휩쓸어 싸가

지고 있는 것이 그의 문학이다. 오늘의 어떤 어떤 작가가 도스토예프스키의 어떤 어떤 면을 본받고 배웠다는 것을 나는 지금 실례를 들어 일일이 지적할 수가 있다. 그렇듯 그의 문학의 영향은 크고 명료하다. 이것은 아무도 부정할 수 없는 노릇이다.

—《조선춘추》, 1942. 5.

수상록

일상생활에 있어서 회화(會話) 없는 날이 있다. 그러면서도 생활은 아무 지장 없이 진행된다.

가령 부부나 친우 간에 있어서 하루 동안에 참으로 몇 토막의 회화가 필요할까. 때로는 전연 필요치 않을 적이 있을는지도 모른다. 그러면서도 그들 두 사람의 사이는 지극히 원활하다. 충분히 이해하고 있는 침묵으로 눈망울의 동정과 표정과 시늉으로 넉넉히 피차의 감정을 이해할 수 있고 피차를 설명할 수 있고 그 위에 심리까지 발전시킬 수 있지 않은가.

문학에는 회화가 지나쳐 많다. 더욱이 극문학의 대화라는 것은 한 큰 근본 회의를 남겨준다. 물론 그것이 소위 '문학'이요 인생 표현의 한 형식적 약속에 지나지 않는다 할지라도 간간이 부자연의 억지가 많은 것은 한 큰 흠이라 하지 않을 수 없다. 묵극(默劇)의 의의의 중대함을 알아야겠다.

슬프면 슬플수록 마음의 심연이 깊으면 깊을수록 사람에게는 말이 없어진다. 다만 돌과 같은 침묵이 있을 뿐이다. 무대 위에서의 독백이란 지극히 부자연한 것이다. 여기에도 또 하나 극문학의 힘을 본다.

인생에는 진행이 있을 뿐이요 설명이 없다. 소설에 있어서의 설명이란 무용의 것이 아닐까. 칼날로 베인 듯한 묘사가 있을 뿐이다—이런 방향으로서의 순수소설이라는 것을 생각하여 봄은 어떨까.

명사와 동사만으로의 결백한 직선적 단일적 최후적 표현.

형용사—그것은 벌써 절대적 필요의 것은 아니다.

사랑의 감정이 절대인 것과 같이 증오의 감정이 때때로 절대인 경우도 있다.

사랑보다도 성격이 더 먼저이며 더 강렬히 움직이는 때가 있다. 성격이 모든 것을 다 규정하는 것이다.

추(醜)를 사랑하는 마음—피부의 종기의 표면을 만지는 것과도 같이 일종 악마적 심사에서 나오는 것 같다.

정리—정리되지 못하는 영원의 과제.

생활 창조에의 적극성—인류 발전의 운명과 비결은 거기에 걸려 있다. 적극성만이 정리와 유쾌를 가져오는 까닭이다.

무서운 태정(怠情)의 감정이 때때로 불현듯이 머리를 쳐드는 때가 있다.
벌떡 뛰어 일어나서 창을 열고 정리하고 활동하

면 질서와 유쾌가 올 것을 안다. 그러면서도 진득이 누워서 손가락 하나 까딱하지 않고 눈만을 말똥말똥 뜨고 불쾌를 인고(일종의 인고임에 틀림없다)하고 있는 감정. 등에 땀이 배었을 때 냉큼 일어서옷 벗고 목욕함이 옳은 것을 개짓이 참고 앉아 끈끈한 땀의 불쾌를 그대로 인고하고 있는 정감. 아편을 마시고 나타(懶惰)의 쾌감에 뼈를 흐붓이 녹이고 입을 벌리고 꼼짝달싹 못하고 누워 있는 그 타감(惰感)과도 흡사하다할까.—모두 불칙스런 멸망의 타감이다.

부정돈(不整頓)의 미학, 난잡의 쾌감—게으른 종족의 피난소.

얼굴같이 신비로운 것은 없다. 양 얼굴, 개 얼굴, 고양이 얼굴, 원숭이 얼굴, 사람의 얼굴, 거울에 비치는 얼굴을 하루 동안 무심히 바라보는 때가 있다.

—《조선문학》, 1936. 8.

무풍대(無風帶)

　나의 이십 전후는 무풍대를 가는 배로소이다.
—조촐한 범선 아름다운 꿈 가득히 싣고 고요하
고 안온한 바다를 무심히 저어가는 흉금—이것
뿐하고 동안(童顔)은 혈색 좋게 상기되었소이다.
예이츠에 심취하여 그의 탐구자의 인물에다 내 자
신을 비기기를 즐겨하였소이다.

　고요한 시외 그윽한 학원(學園)에서 두툼한 책과
날을 보냈소이다—예이츠의 메리가 누른 종이의
책을 사랑하듯이. 그 속에서 가지가지의 아름다
운 꿈을 캐내어 그들과 함께 그 속에서 살았소이
다. 뒷동산에 올라서는 거리를 굽어보며, 인생이란
해골에다가 내 멋대로 꿈의 옷을 입혀, 그것을 아
름다운 것이라고 생각하였소이다. 한 장의 로맨스

없는 것을, 그다지 슬퍼하지 않았소이다.—나에게
는 더 아름다운 꿈을 보는 재조가 없었으니까.

　그때와 이제와의 사이에는 불과 몇 번의 가을이
지났을 뿐이언만 그 몇 번의 가을이 나의 꿈을 모
조리 빼앗아 갔소이다. 관념의 꿈이 산산이 부서
져 버리고 앙크런 해골만의 객관이 이제는 앞에 남
았소이다. 갈피 갈피의 인생의 관조에 피곤하고 현
실에 부대껴 불그스레하던 동안이 핼쓱하게 여위
었소이다. 그러면서도 아직 찾을 것을 못 찾았소
이다. 그러나 예이츠의 인물과 같이 그것을 기어코
찾아내고야 말겠소이다. 파도 심하고 배 부서지고
옷이 찢겨졌다 할지라도. 이제 무풍대 시대를 생각
하며 흔들리는 나침반을 조심스럽게 응시하고 있
소이다.

—「오오, 이팔청춘!!—문인의 이십시대 회상」,

《삼천리》, 1933. 3.

첫 고료

신문소설 고료의 규정이 어느 때부터 어느 정도
로 정연하게 섰던지는 모르나 잡지문학의 고료
의 개념이 확호하게 생긴 것은 사오 년 전부터라
고 기억한다. 《조광》《중앙》《신동아》《여성》《사
해공론》 등이 발간되자 소설로부터 잡문에 이르
기까지 일정한 고료를 보내게 되었고 이후부터 신
간되는 잡지도 그 예를 본받게 되어 어떤 잡지는
종래의 관습을 깨뜨리고 새로운 개념을 수립하기
위해서 원고를 청하는 서장(書狀) 끝에 반드시 "사
(社) 규정의 사례를 드리겠습니다"의 한 줄을 첨
가하게 되었다. 이 한 줄이 문학의 새 시대를 잡아
들게 된 첫 성언(聲言)이 아닐까도 생각된다. 이 일
군(一群)의 잡지 이전에도 《해방》《신소설》 등에

서 고료라고 이름 붙는 것을 보내기는 했으나 극히 편파적인 것이었다. 그 이전《개벽》시대의 경우는 알 바가 없으나 어떻든 불규칙하고 편벽된 것이 아니고 본식(本式)으로 고료의 규정이 생긴 것은《조광》등 일련의 잡지로부터 비롯해진 것이며 그런 의미로만도 차등지(此等誌)의 공헌은 적지 않다고 본다.

두말 할 것 없이 문학의 사회적 인식이 커지자 수용(需用)이 더하고 상품가치가 는 결과 작품에 처음으로 시장가격이 붙게 된 것이니 이런 점으로 보면 고료의 확립이 시대적인 뜻을 가진다. 한 좌석의 술이나 만찬으로 작가의 노고를 때워버리는 원시적인 방법이 청산되고 원고의 매수를 따져 화폐로 교환하게 된 것이니 여기에 근대적인 의의가 있고 발전이 있다. 고료의 확립을 계기로 해서 문학성과에 일단의 진전이 시작되었다고는 볼 수 없으나 작품이 작품으로서 취급되게 되고 그것을 창작하는 작가의 심정에 변화가 생겼음이 자연의 이(理)일 때 문학에 격이 서고 문단의 자리가 잡힌 것도 사실이다. 이 고료 확립의 일행(一行)이 조선문

학사의 측면적 고찰의 한 계점(契點)이라고도 볼
수 있다.

　물론 현 삼십대 작가의 고료의 경험은 반드시
사오 년 전, 즉《조광》등의 창간부터 시작되지는
않으며 좀 더 일찍이―가령 나의 예로 말하더라도
첫 고료의 기억은 십오륙 년 전까지 올라간다. 고
료라기에는 격에 어그러질는지는 모르나 원고지
에 적은 조그만 소설이 화폐로 바뀌어진 것은 사
실이다. 중학 사오년 급의 시절《매일신보》에는
일주일에 한 번씩 증간되는 2면의 일요부록의 문
예면이 있었다. 거의 일요일마다 사백 자 오륙 매
의 장편(掌篇)소설을 투고해서 그것이 번번이 활자
화되는 것이 주간마다의 숨은 기쁨이었다. 근 반
년 동안에 수십 편의 소설을 던졌고 그것이 거의
모조리 실리어졌다. 상금제도였던 듯 갑상(甲賞)이
10원, 을상(乙賞)이 5원―「홍소(哄笑)」라는 1편이
을상에 들어 5원을 얻었을 때 이것이 최초의 고료
의 기억이었다. 가난한 인력거꾼이 노상에서 돈지
갑을 줍게 되어 그것으로 술을 흠뻑 먹고 친구들
에게도 선심을 쓰는―조그만 장면을 그린 소설이

었다. 발표된 지 며칠 만에 문예부 주임 이서구(李瑞求)씨가 오 원을 들고 일부러 무명의 학동의 집을 찾아준 것이다. 마침 밖에 나갔던 관계로 그를 만나지는 못했으나—따라서 지금껏 씨와는 일면식이 없으나—집에 돌아와 그 소식을 듣고 송구스런 마음을 금하지 못하며 그 첫 5원의 값을 대단히 귀중한 것으로 여겼다. 동(同) 부록에는 시와 소설을 무수히 보내었으나 고료로 바뀌어진 것은 단 그 한번이었고 외(外)는 실어주는 것만으로도 고맙지 않느냐는 눈치였다.

이 실어주는 것만으로도 고맙지 않느냐는 눈치는 그 부록뿐만이 아니라 그 전후의 잡지가 다 그래서 그 후 《조선지광》《현대평론》《삼천리》《조선문예》 등이 이 예를 벗어나지 않았고 《신소설》이 고료라고 일원기전야(一圓幾錢也)를 몇 번 쥐어준 일이 있었고 《대중공론》은 고료 대신에 완전히 주정(酒精)의 향연으로 정신을 뺏으려 들어 사실 지금 술이 이만큼 는 것은 동지(同誌)의 편집장 정(丁) 대장의 공죄인 듯하다. 《동아》, 《조선》 양지(兩紙)가 단편과 연재물에 대해서 또박또박 회수를 따져서 지불했을 뿐이요 잡지로는 《조광》의 출현까지는 일정한 규정이 없었다. 이전 《매신(每申)》의 부록 다음 시대에 《동아일보》 신춘문예에 두 번 선자(選者)를 괴롭혀 20원과 50원을 우려낸 일이 있었으나 이도 물론 떳떳한 고료라기는 어렵다.

《조광》 이후 소설이든 수필이든 잘 되었든 못되었든 간에 일 매에 오십 전의 고료를 받아오는 것이 많지도 않고 적지도 않은 현금의 시세인 듯하며 앞으로 당분간은 아마 이 고료의 운명과 몸을 같이 할 수밖에는 없을 듯하다.

—「작가생활의 회고」, 《박문》, 1939. 10.

노마(駑馬)의 십년

　고등보통학교 일학년 때 이름을 잊었으나 젊은 영어 교사 한 분이 있어서 시간마다 하는 소리가 소설 안 읽는 건 바보라기에 소설이라는 게 얼마나 소중하고 좋은 것인구하고 그것이 아마도 마음속에 어지간히 배었던 모양이었다. 이학년 삼학년을 기숙사에서 지내게 되었는데 당시에는 미상불 문학열이 높아서 사생(舍生) 중의 그 어느 한 사람 책꽂이에 소설본 두서너 권 안 꽂은 사람이 없었다. 공중(公中)에서도 웬일인지 함경도 출신의 사범생(師範生) 간에 특히 열이 심해서 그들의 탐독하는 것은 대개 노문학서(露文學書)로 톨스토이 투르게네프 체홉의 작품들이었다. 그들은 거개 의지가 견고한 우수한 학도들로 타도 사람으로서도 본

을 받기에 족해서 내 자신 그들에게서 받은 영향
이 큰 듯하다. 가장 많이 읽은 것이 체홉의 단편집
이었다. 십사오 세에 체홉을 읽는단들 그 멋을 알
고 정확히 이해할 수는 만무하다고 생각되나 일종
의 문학의 분위기를 그런 데서 터득했던 것은 사
실일 듯하다. 북국의 자연 묘사라든지 각색 인물
의 변화에 모르는 속에 흥미를 느껴 갔던 듯하다.
한 가지 그릇된 버릇은 어디서 배웠던 것인지 작
품 속에서 반드시 모럴을 찾으려고 애쓴 것이어서
가령 단편 「사랑스런 여자」같이 주제가 또렷하고
모럴의 암시가 있는 작품만을 좋은 것이라고 여긴
것이었다. 이런 버릇은 문학 공부에 화(禍)되면 화
되었지 이로울 것은 없었고 더구나 체홉을 이해함
에 있어서는 불필요한 것이었다. 당시 체홉을 읽되
그의 진미는 모르고 지냈던 것이다. 지금 와서야
겨우 체홉의 문학의 동기라든지 맛을 참으로 알게
되었음에랴. 참으로 문학 소년에게는 체홉은 어려
운 대상이요 과한 목표이다. 그렇기 때문에 반드
시 체홉을 사숙(私淑)했다고 할 수는 없으며 그 후
잡다한 작가를 읽어서 그 모든 것에서 혼동된 영

향을 받았다고 봄이 마땅할 듯하다.

　이런 전기(前期)를 지나 문단적으로 처음 소설이라고 썼던 것이《조선지광(朝鮮之光)》에 발표된「도시와 유령」이었다. 파인(巴人)의 호의적 인도에 힘입음이 많았다. 다음 동지(同誌)에「기우(奇遇)」를 발표했던 것도 역시 씨를 통해서였고 씨가 신문사를 나와 잡지《삼천리》를 시간(始刊)했을 때에는 동지를 통해서「북국점경(北國點景)」등 단편을 발표하게 되었다. 희곡도 시험해서 이때를 전후해 무수한 작품을 썼으나 사정에 의해 활자가 되지 못한 편도 많았다.

　본격적으로 작품이 시작된 것은 학부를 마치기 전후해서 잡지《대중공론(大衆公論)》에「노령근해(露領近海)」등을 쓴 때부터였다. 이때는 시대색(時代色)도 뚜렷해서 누구나의 작품에나 일관된 채색이 있었다. 사실주의 시대인지는 모르나 기실은 낭만주의 시대였다. 자타를 막론하고 모두가 작품 속에서는 단일한 꿈을 꾸고 있었다. 요새 유(流)로 작품을 유별 평론(類別評論)하기에는 대단히 적호(適好)한 때였으나 그 대신 단조로운 감도 없지는 않았다. 도대체 문학의 조류란 한 세기에 한두 번 찾는 것이지 이것을 거의 해마다 성급히 찾으려 할 때 억지가 많은 듯하다. 찾을 문제가 없으면 문제를 없이 하고 몇 해든지 유장하게 문학을 바라보면서 은연중에 조류를 자라게 하고 너그럽게 취급함이 옳을 듯하다.

이때부터 쳐서 지금까지 약 십 년. 십 년 동안에 대체 무엇을 했는지 돌아보면 아득하면서 눈앞에 별로 걸쳐지는 이렇다 할 것이 없다. 이곳에서의 문학 생활이 다른 데서와 같이 정상(正常)한 것이 못되는 바에야 개인을 허물할 것도 없기는 하겠지만 성과로 내놓을 것이 없음은 역시 부끄러운 일에 틀림없다. 문학 십년기(十年記)가 영광의 기록은커녕 게으른 노마의 부끄러운 하소연일는지도 모른다.

그러나 현재 전반적으로 십 년 전보다는 문학이

훨씬 높아진 것이 사실이다. 지금부터 문학 생활의 초년을 시작해서 십 년 후에 문학 십년기를 쓸 작가는 확실히 지금 십년기를 쓰는 작가들보다는 문학적으로 행복스러울 것도 사실이다. 역사가 평탄하든 굴곡이 지든 간에 문학의 질적 향상에는 다름이 없다. 현재의 질적 토대 위에 서게 될 앞으로의 문학은 아무리 생각해도 다행된 것에 틀림없는 것이다.

—《문장》, 1940. 2.

나의 수업 시대

작가의 "올챙이 때" 이야기

1. 엄마 품에 안겨서『추월색』을 탐독―'낭만'의 꿈이 깨지긴 십사 세 때

일곱 살 전후하여 가정과 사숙에서 소학을 배울 때 여름 한철이면 운문을 읽으며 오언절구를 짓느라고 애를 썼다. 즉경(卽景)의 제목을 가지고 오로지 경물(景物)을 묘사할 적당한 문자를 고르기에만 골몰하였으니 시적 감흥이라는 것보다는 식자(植字)에 여념이 없었던 셈이다. 오늘의 문학에 그다지 도움된 바 못되나 그러나 표현의 선택이라는 것을 배웠다면 이 시절의 끼친 공일는지도 모른다.

열 살 남짓해서 신소설『추월색』을 읽게 되었으니 이것이 이야기의 멋을 알고 문학이라는 것을 생각하게 된 처음인 듯하다. 추운 시절이면 머리맡에 병풍을 둘러치고 어머니와 나란히 누워 『추월색』을 번갈아 가며 되풀이하여 읽었다. 건넌방 벽장 속에는 『사씨남정기』『가인기우(佳人奇遇)』 등속의 가지가지 소설책도 많았건만 그 속에서 왜 하필 『추월색』이 그다지도 마음에 들었는지 모른다. 병풍에는 무슨 화풍인지 석류, 탁목조(啄木鳥) 등의 풍경 아닌 그림이 폭마다 새로워서 그 신선한 감각이 웬일인지 『추월색』의 이야기와 어울려서 말할 수 없이 신비로운 낭만적 동경을 가슴속에 심어 주었다. 정임과 영창의 비극이 시작된 것은 동경 상야공원(上野公園)이었으나 웬일인지 그 상야공원이 마음속에서는 서울로만 자꾸 짐작되었다. 어렸을 때에 본 어렴풋한 서울의 기억과 아름다운 이야기가 한데 휩쓸려서 멋대로의 꿈을 빚어 낸 것이었다.

　네 살 때에 가친의 뒤를 따라 일가는 서울로 옮겨 왔다. 약관(弱冠) 전에 고향을 떠난 가친은 서울서 수학한 후 이어 조그만 사관(仕官)의 자리에 있으면서 벤자민 프랭클린의 전기 등을 번안 저술하

고 있었다. 그 뒤를 따라 수백 리의 길을 가마 속
에서 흔들린 것이다. 이십오륙 년 전의 서울─지금
으로부터 돌아보면 순전히 이끼 낀 전설 속의 거리
로 밖에는 기억되지 않는다. 푸른 한강을 조그만
귀융배로 건넜다. 예배당에서 찬미가를 부르던 앙
크란 양녀(洋女)의 얼굴이 유난히도 인상적이었다.
저녁때이면 원각사(圓覺社) 근처에서 부는 날라리
소리가 이국적 환영(幻影)을 싣고 찬란하게 흘러
왔다. 모든 객관을 옳게 받아들일 능력이 없고 다
만 경이의 눈만을 굴리게 된 어린 마음에 모든 것
이 이상한 것으로만 보였다.

　이런 네 살 때의 어렴풋한 기억에다 낙향한 후
어머니에게서 가지가지의 이야기를 듣는 동안에
마음속에 아름다운 꿈의 보금자리가 잡히게 되었
으며 그 꿈의 보금자리에 『추월색』의 아름다운 이
야기가 들어와서 말할 수 없는 낭만적 동경을 싹
트게 한 것인 듯하다. 정임과 영창의 애끓는 이야
기는 서울 안에 얼마든지 흩어져 있을 것이요 그
이야기의 배경되는 가을 달빛에 비친 상야공원의
풍경 또한 서울의 구석구석에 있으려니 생각되었

다. 참으로 『추월색』이야말로 이야기의 아름다움을 가르쳐 주고 어린 감성에 낭만의 꿈을 부어 준 문학의 첫 스승인 셈이었다.

물론 그 후 열네 살 때에 수학하러 서울로 다시 왔을 때에는 이런 어린 때의 동경의 꿈은 조각조각 부서져 버리고 점차 산문 정신에 눈뜨게 되었다. 서울은 결코 가을 달빛에 비친 상야공원이 아니었으며 정임과 영창의 기구한 이야기 또한 길바닥에 흔하게 떨어진 이야기도 아니며 그다지 아름다운 것만도 아니었다. 환멸이 있고 산문이 있을 뿐이었다. 하기는 그때부터 현실을 알게 되고 리얼리즘을 배우게 되었는지 모른다. 고등보통학교에 들어갔을 때 처음 읽기 시작하고 또 통독한 것이 우연인지 어쩐지 다 제쳐놓고 하필 체홉이었다.

2. 머릿속에 새겨진 세계문호의 인명부(人名簿)—비교적 나는 조숙한 편

십사오 년 전 조선 신문학의 초창기였던 것만큼

일반으로 문학열이 지극히 높았던 모양이다. 학교 기숙사 안에도 전반적으로 문학의 기풍이 넘쳐서 자나 깨나 문학이 아니면 날을 지우기 어려우리만큼한 기세였다. 학교의 학과에도 시달리는 형편이면서도 누구나 수삼 권의 문학서를 지니지 않는 사람이 없었으며 모여만 들면 문학담에 열중하였다. 사(舍) 안에는 학교만 나가면 반드시 훈도가 되어야 할 필정(必定)의 의무를 띤 사범과생이 거의 전수(全數)였고 그들의 목표는 이미 고정된 것이었건만 문학열은 오히려 그들의 독차지인 감이 있었다. 우연히 한 개인의 문학에 능숙한 교유(敎諭)의 지도와 영향을 받았던 탓도 있었겠지만 더 많이 당시의 그러한 필지적(必至的) 조세(潮勢)에 놓였던 것이 사실이고, 루소의 『에밀』을 탐독을 한 것은 오히려 교육적 관심에서 나왔다고 하더라도 허다한 노문학서(露文學書)의 섭렵, 각국 번역시의 애독은 비교적 높은 문학적 관심 없이는 못할 노릇이다. 때마침 동경 문단에서는 시가 전성이어서 신조사(新潮社) 판이었던지 하이네, 괴테, 휘트먼을 비롯하여 트라우벨, 카펜터에 이르기까지 세계의 시인을 거의 망라하다시피 하여 출판한 '수진시집(袖珍詩集)'이 유행하여 왔었으니 그 수많은 시집들은 애독서 중에서의 가장 큰 부문이었다. 조금 특수한 부문으로는 에머슨과 니체를 거의 전공하다시피 하는 이도 있었다. 소설로는 하디, 졸라 등 영불의 문학도 읽히지 않는 바는 아니었으나 노문학의 열을 따를 수는 없었다. 푸시킨, 고골리를 비롯하여 톨스토이, 투르게네프 등이 가장 많이 읽히어서 『부활』이나 『그 전날 밤』 등의 이야기쯤은 입에서 입으로 옮겨져서 사내(舍內)에서는 거의 통속적으로 전파되게 되었다. 전체적으로는 섭렵의 범위가 넓어서 기숙사는 참으로 세계 문학의 한 조그만 문고였고 감상의 정도로 하여도 다만 제목만 쫓으매 수박 겉만 핥는 정도가 아니요 음미의 정도가 상당히 깊어서 거개 소인(素人)의 경지를 훨씬 뛰어난 것이었다. 진귀한 현상이었다. 지금에 문필로 성가한 분은 불행히 총중(叢中)에 한 사람도 없기는 하나 특수한 편으로는 그 후 동경 모 서사(書肆)에서 장편소설을 출판한 이도 있었다. 이상한 것은 그들은 대개 관북인(關北人)이어서 관북과 문학—특히 노문학(露文學)과의 그 무슨 유연(類緣) 관계나 있는 듯이 보이게 하였다. 당시 문단적으로는 관북인으로 파인(巴人)이 시인으로서 등장하였고 서해(曙海)의 이름이 아직 눈에 뜨이지 않았을 때였다.

이러한 분위기에 휩쓸려 지내게 된 까닭에 문학적으로 자연 조숙한 감이 없지 않았다. 처음으로 알뜰히 독파한 소설로는 소년소설『쿠오레』였다. 구로이와 루이코(黑岩淚香) 번안의『레미제라블』에서는 파란중첩한 이야기의 굴곡에 정신을 못 차렸고 하이네 시에서는 서정에 취하였고 그의 번역자인 이쿠다 슌게쓰(生田春月)에게서 감상주의를 배웠다. 문학잡지로서 도움이 된 것은 역시 신조사(新潮社) 간행이었던가의 월간지《문장구락부》였다. 처음 습작은 시여서 기숙사에서 지낸 몇 해 동안 조그만 노트에 습작시가 가득 찼었다. 사(舍)의 앞과 옆에는 수풀과 클로버의 풀밭이 있어서 늦봄부터 첫여름까지에는 거기에 나가 시집을 들고 눕기도 하고 새까만 버찌를 따서 입술을 물들이고 하였다. 때마침 거리에는 가극단이 와서『레미제라블』의 몇 막을 무대로 보이고 연구 극단에서는 톨스토이의『산송장』등을 상연하여 문학심을 더한층 화려하게 불질렀다. 어떻든 주위의 자극이 너무도 세었던 까닭에 십육칠 세 경에는 세계 문학의 윤곽이 웬만큼 머릿속에 잡혔고 세계 문호들의 인명록이 대충 적혔었다. 그러나 지금 생각하면 그러한 숙학(夙學)이 도리어 화된 듯도 하다. 섣불리 윤곽을 짐작하게 되고 명작들의 경개(梗槪)를 기억한 까닭에 소성(小成)에 안심하고 그 후 오래도록 많은 고전을 다시 완미숙독(玩味熟讀)할 기회를 얻지 못했던 것이다.

3. 교훈만 찾은 것이 그 시대의 괴벽 : 심취하기는 체홉의 제작(諸作)

체홉의 작품을 거의 다 통독한 것이 고등 삼사년급 때 십육칠 세경이었으니 무슨 멋으로 그맘때 하필 체홉을 그렇게 즐겨했는지 모른다. 미묘한 작품의 향기나 색조까지를 알았을 리는 만무하고 아마도 개 머루 먹듯 하였을 것이나 어떻든 끔찍이도 좋아하여 검은 표지의 그의 작품집과 그의 초상화를 몹시도 아껴하였다. 좀 더 철 늦게 그를 공부하였던들 소득이 많았을 것을 잘 읽었든지 못 읽었든지 한번 읽은 것을 재독할 열성은 없어서 지금까지 그를 숙독할 기회를 못 얻은 것은 한 손실이라고 생각한다. 퇴직 육군 사관 알렉세이 세르게이비치 무엇 무엇 무엇은……식으로 첫머리가 시작되는 그의 소설을 당시에는 얼마간 어설프고 지혜 없는 시고법(始稿法)이라고 생각하였으나 지금으로 보면 그것으로서 충분히 훌륭한 것이다. 이 정도의 당시의 문학안(文學眼)이었으니까 감상에 얼마나 조루(粗漏)가 있었던가를 짐작할 수 있으나 그러나 그에게서 리얼리즘을 배운 것은 사실일 것이다. 체홉이 리얼리즘의 대가임은 사실이며 그의 작품이 극도로 사실주의적이기는 하나 그러나 그의 작품같이 소설로서 풍윤(豊潤)한 것은 드물다. 아무리 '지루한 이야기'라도 소설로서는 무척 재미있는 것이 그의 문학이다. 리얼리즘이라고 하여도 훌륭한 예술일수록 그 근저에는 반드시 풍순(豊醇)한 낭만적 정신과 시적 기풍이 흐르고 있는 것이니 체홉의 작품이 그 당시의 것으로는 그 전형인가 한다. 그러기 때문에 체홉의 작품에 심취하는 마음과 투르게네프의 『그 전날 밤』이나 혹은 위고의 제작(諸作)을 이해하는 마음과의 거리는 그다지 먼 것이 아니다.

체홉을 읽기 전후의 한 가지의 기벽(奇癖)은 웬 까닭으로였던지 작품에서 반드시 모럴을 찾으려고 애쓰고 교훈을 집어내려고 초조하였던 것이다. 어디서 배운 버릇이었던지 모르겠으나 이 또한 문학 완미(玩味)에는 큰 장해였으며 당시 문학안(文學眼)의 저열을 말하는 예증 이외의 아무 것도 아니었다. 『햄릿』을 읽으면 무엇보다도 먼저 그 작품의 중심 되는 모럴이 무엇인가를 알려고 헛되이 애썼으며 「베니스의 상인」을 읽을 때에는 우정미를 고창(高唱)하려고 한 것이 제작의 동기가 아니었던가 하고 생각하였다. 체홉의 작품을 읽을 때에도 또한 그리하여서 「사랑스러운 여인」에서는 사랑의 본능적 욕구라는 훈의(訓意)를 찾아내고서야 마음이 시원하였다. 그러나 이런 태도로 자여(自餘)의 많은 체홉의 작품을 옳게 이해하고 감상할 수는 도저히 없었던 것이다. 제작의 동기가 반드시 교훈적인 것이 아니며 보다 더 중요한 것은 여러 가지의 예술적 요소라는 것을 안 것은 물론 훨씬 후의 일이었다.

예과의 수험을 준비하던 마지막 학년 십팔 세 때 준비 관계를 겸하여 영문으로 셸리의 시를 탐독하게 된 것이 다시 시에 미치게 된 시절이었다. 글자대로 미쳤던 것이니 그의 단시를 기계적으로 모조리 암송하였던 것이다. 진짬 멋을 알고 하였던지 모르나 술에나 취한 듯이 그의 시에 함빡 취하였었다. 기괴한 것은 그 심취는 그의 문학으로부터 든 것이 아니라 그의 용모에서부터 든 것이다. 셸리의 초상화에 반하고 그의 전기에 흥미를 느꼈던 까닭에 그의 문학에 그렇게 열정적으로 들어갔던 것이다. 우스운 사실이나 그런 법도 있는가 생각된다. 셸리에게서 열정을 배웠다면 다음에 아름다운 꿈꾸는 법을 배운 것이 예이츠에게서였다. 그에게 기울인 열(熱) 또한 셸리의 경우에 떨어지지는 않아서 수십 행 수백 행 시를 따로 외우곤

하였다. 예이츠 꿈같이 아름다운 것은 없어 시인다운 시인으로 참으로 그는 고금독보(古今獨步)의 감이 있다. 예이츠의 다음에 찾은 작가는 싱(John Millington Synge)이었으니 그에게서 다시 아름다운 산문을 발견하게 되었다.

이렇게 시에서 산문으로, 다시 시에서 산문으로 옮기는 동안에 문학이 자랐으며 꿈과 리얼리티가 혼합된 곳에 예술이 서게 된 듯하다. 아무리 리얼리즘을 구극(究極)하여도 그 속에는 모르는 결에 꿈이 내포되는 법이니 그것이 인간성의 필연이며 동시에 예술의 본질인지 모른다. 조선문학에서는 『추월색』 이후 오랫동안 잊었던 낭만의 꿈을 빙허(憑虛)의 『지새는 안개』에서 다시 찾았던 것이다. 그 작품에서 받은 인상은 유심히도 아름다웠다.

예과에 들어서부터 창작기가 시작되었으나 오랫동안 혼자 궁싯거렸지 문단과의 인연을 맺을 길은 당초에는 생각지도 못하였다.

—《조선일보》, 1937. 7. 25, 28, 29.

만습기(晚習記)

삼십줄을 겨우 잡아든 주제에 나이를 거들기가 낯 간지러운 일이나 늦게 배운 끽연의 습관을 생각할 때 나는 나이와의 관련을 생각하지 않을 수 없는 것이 삼십에 겨우 담배를 익혔다는 것이 끽연의 습성으로서는 결코 이른 편이 아니고 만습(晚習)의 감이 없지 않기 때문이다. 삼십과 끽연─삼십에 담배 맛을 안 것이다. 그 쓰고 떫고 향기로운 맛을 비로소 안 것이다. 향기롭다고 해도 꽃의 향기도 아니요 박하의 향기도 아니요 소년의 향기도 아닌 어른의 향기─어른의 맛을 비로소 알고 어른의 세계에 비로소 들어온 것이라고나 할까.

어릴 때 담배의 세상과 아주 멀리 하고 지낸 것은 아니나 종시 두려워서 그 곁에 이르지 못했고 진짬 맛을 익히지 못했다. 동갑짜리들이 맛을 알고선지 제법 권연을 앙돌아지게 꼽아 물고 해죽대는 것을 보면 그것이 장한 일만 같이 보여서 얼마나 부러웠는지 모른다. 사탕은 먹을지언정 담배는 기어코 붙이지 못한 재주의 미흡을 얼마나 탄식했는지 모른다. 그 장한 경지에 지금에야 이르러 맛을 알고 나니 어릴 때 그까짓 무엇을 그닥 탄식했던고 하는 생각조차 나면서 이제는 제법 활연(豁然)한 해오(解悟)의 길을 잡아든 듯싶다. 밀른(Alan Alexander Milne)의 수필을 읽으면 그는 여덟 살 때 처음으로 담배를 시험했고 열여덟 살 때부터 정식으로 그 관습을 시작했던 듯하다. 담배도(道)로서는 비교적 숙성한 편이요, 그에게 비하면 우리 같은 것은 만성(晩成)의 축에 들지 않을 수 없다. 그러면서도 아직도 그의 소위 파이프당(黨)에 속해서 자연(紫煙)과 파이프의 미술적 효과를 더 사랑하는 편이니 사도(斯道)의 대성적(大成的) 도달의 길은 요원한 듯은 하나 그만한 정도의 선후는 덮어버리고 어떻든 쓴 맛의 터득을 하고 보면 오십보 백보 흡연당(吸煙黨)이라고 하지 않을 수는 없게 되었다.

냄새만 맡아도 질색이던 것이 식후에도 한 대 그리워졌고 무료할 때 두어 개 쯤은 연거푸 태우게 되었다. 입과 몸에 배이는 냄새는 결코 좋은 것은 못 되나 이 흠만을 제한다면 어지러운 법이나 두통이 나는 법은 없다. 단 것에 대한 식성이 확실히 줄었으며 그렇게 즐기는 당과류가 도무지 눈에 들지 않는 대신 술의 진미와 커피의 도미(道味)를 깨달은 것과 함께 담배의 맛을 즐기게 된 것이 사실이다. 어린 세계를 솟아나 한층 위로 솟아난 것을 느끼며 굳이 반갑지는 않으나 그렇다고 슬프지도 않다. 자연의 성장에도 당연한 과정이지만 생각하면서 닥쳐온 현재를 향락할 따름이다.

즐기는 담배와 숭상한 문학과를 관련시켜 생각해 봄이 망발은 아닐 듯싶다. 문학이니 무어니 요새 그것이 자꾸만 화제가 되고 사회와 세대의 한 제목이 되어 가니 우리가 하고 있는 것도 문학인가 보다 하고 도리어 깨우치게 되지 사실 지난날의 우리의 문학을 들추어서 말할 때 낯이 뜻뜻해지지 않는 문학인이 하나나 있을까. 오늘 현재의 문학에 대해서도 같은 말을 할 수 있는 것이나 오늘 이전의 문학을 가령 담배 이전의 문학이라고 한다면 그 된 품과 성적이 스스로 밝아질 듯하다. 내 남 없이 담배를 익히기 이전의 문학이었던 것이요 쓰고 떫고 향기로운 인생의 진미를 알기 전의 연습의 경지였던 것이다. 이제부터는 경도(境道)가 달라졌다. 담배 맛을 익힌 것은 나 한 사람이 아니요 같은 세대의 동배(同輩)들도 이제야 겨우 그것을 익힌 때가 아닌가 한다. 쓴 문학, 어른의 문학이 나올 것도 지금을 경계로 시작될 듯싶다. 이 문학에 있어서의 만습의 처지도 굳이 슬퍼할 것도 없거니와 기뻐할 것도 없는 것이 이 역 자연의 성장이요 당연한 과정이니 말이다. 자라는 것은 결국 자랄 대로 자라고야 마는 법이다.

—「一日一인」, 《매일신보》, 1939. 5. 13.

북위 42도

월세 십 원의 집이 대궐같이 크다. 넓은 앞뜰은 제법 웬만한 운동장이다. 날이 따뜻해지면서부터 의사의 권고로 글러브를 사가지고 캐치볼을 시작하였다. 캐치볼 터로도 쓰고 남은 넓은 뜰을 그대로 버려두기가 아까워서 딸기 묘종을 수십 주 얻어다 심고 날마다 공들여 물을 주었더니 꽃이 하아얗게 피면서 푸른 열매가 맺기 시작하였다. 토마토도 올에는 폰데로사와 딜리셔스 두 종 약 30주를 파다 심었더니 이것도 어느덧 노랑꽃이 피기 시작하였다. 카칼리아와 애스터가 한 치 길이나 자랐고 종이 움 안의 오이가 넝쿨을 뻗으며 푸른 열매를 맺기 시작한 것도 보기에 귀엽다.

그러나 이것도 모두 온상 안에서 월여(月餘) 동

안 자라난 묘를 이식하였기 때문이지 평지에서 자랐다면 아직 이만큼의 장성(長成)을 보지 못하였을 것이다. 평지에서는—종묘장의 라이맥이 이제 겨우 3, 4촌 자라났고 과수원의 능금꽃이 연짓빛 봉오리에서 흰 꽃으로 분장을 변하여 가는 중이다.

이것이 북위 42도의 6월이다. 발육 불충분의 가난한 자연—털을 뜯긴 양(羊) 모양으로 빈약한 계절—딸기를 먹을 시절에 꽃이 피고 보리를 베일 시절에 이삭도 안 팼다. 하기는 온실에서는 베고니아의 꽃이 지고 제라늄과 아마릴리스가 한참 아름다운 때이다. 그 속에 섞여 선인장의 진홍의 꽃송이가 난만(爛漫)한 열대적 열정을 자랑하고 있다. 그러나 한번 온실을 나가면 만목(滿目) 훤출한 벌판이다. 그 벌판에는 청색보다도 아직 토색(土色)이 더 많이 눈에 띄는 것이다. 바다에서는 찬 안개가 아물아물 흘러온다. 사무실에서는 난로 뒷자리에 놓은 큰 화롯전이 그리워서 우줄우줄 모여드는 형편이다. 기온이 차고 자연이 어리고 계절이 빈궁한 유월.

읽기 시작한 지 일주일이 넘도록 폈다 덮었다 읽다 치웠다 하면서 도무지 나가지 않는 발자크의 소설— 여러 가지 이유가 있겠지만 그 추군추군한 작품의 열정을 좇아가지 못함이 그 한 이유가 아닐까. 발자크의 인물들은 황소 같은 열정을 가지고 생활한다. 한 가지의 생활 목표를 작정하고는 그 과녁을 향하여 일로매진 마치 마술에 걸린 것같이 한사(限死)하고 생활하여 간다. 생명의 마지막 방울까지 생활하여 간다. 바루다잘이 그러하고 유로가 그러하고 크루벨이 그러하다. 아니 그의 전 작품의 전 인물이 모두 그러하다. 전 육체, 전 감각, 전 지능으로 생활하여 가는 그 전신적(全身的) 열정, 절대적 생활—이것을 좇아가기에 나는 도중에서 몇 번이나 헐떡거렸던가. 여러 번 그만두려다가 간신히 끝까지 좇아가서 한편을 읽고 나면 마치 찐덕찐덕하고 독한 고급 양주를 마신 뒤와도 같이 그 열정에 취하여 전신이 몽롱하다. 며칠 동안은 허든허든하여 다른 생각없이 그 인물들의 뒷생각 뿐이다. 과연 이런 것이 훌륭한 '문학'이라는 것을 두렷이 느낀다.

결국 위도와 지리의 탓이라고 생각한다.

위대한 체구를 가진 발자크가 일생의 열정을 기울여 제작한 소설—그 속에서는 그와 같은 불란서에 태어난 남구적(南歐的) 열정을 가진 백성들이 힘차게 생활한다—근기(根氣) 있고 끈기 있고 추군추군하고 줄기찬 소설을 다른 위도와 풍토 속에 사는 우리가 용이히 따라가지 못함은 정한 이치이다. 대체 그러한 위대한 열정이 그다지 덥지 않은 기온 속에 살고 그다지 크지 못한 체구를 가진 우리의 성에 맞을 것인가. 발자크의 육체와 우리의 육체—그의 소설과 우리의 소설 사이에는 이 거리가 있다.

문학과 풍토 내지 문학과 기후—이것은 결코 새로운 제목이 아닐 것이다.

온대를 표준으로 하고 변칙적 대외적(帶外的)인 풍토의 철 늦은 이곳에 살면서 풍토 다른 발자크를 읽으려니 이 제목을 새삼스럽게 생각하게 되었다.

풍토와 기후는 생활을 규정하고 그 생활을 비

추어낸 것이 문학일지니 문학과 풍토의 관련은 심히 큰 것이다. 발자크의 찬란한 문학에 비길 때 우리의 문학이 얼마나 빈혈증의 앙크렇게 여윈, 호흡 짧은, 윤택 없는 것인가를 보라. 문학의 전통 기타 백천(百千)의 제 조건과 문제는 그 다음에 오는 것이 아닐까.

의사가 제환(濟患)에 실망하고 약 숟가락을 던지는 격―의 의미가 아니라 이 제목을 새삼스럽게 되풀이하는 것은 발자크의 너무도 위대함에 괄목하여서이다. 그의 소설은 실로 인생의 박람회장이요 지식 창고이다. 이 경이할 만한 창조신(創造神)―그는 '문학'의 한 큰 자랑이 아니고 무엇이랴. 풍토의 제목을 차버리고 이 땅에도 발자크 같은 위대한 육체의 예외적 천재가 나서 그의 재조를 배우고 기술을 승양(乘揚)하여 그의 작품에 비길 만한 정력적 걸작을 내기를 바란다.

덥지도 못하고 그렇다고 극히 차지도 아니한 격정이 없는 이 가난한 풍토와 거세된 이 환경 속에서 발자크적 훌륭한 문학을 낳는다는 것은 사실 극난의 일은 일이다.

6월이 아직도 차다.

그러나 차차 계절이 익으면 얼었던 마음이 풀리겠지.

뜰 앞에 딸기가 빨갛게 익으면 딸기 같은 문학이라도 써볼까. 토마토가 익을 때면 토마토 같은 문학을 능금이 익을 때면 능금 같은 문학이라도 써볼까.

치첩(雉堞)에서

—《매일신보》, 1933. 6. 3.

전원교향악의 밤

여행 떠난 지 거의 일주일이 되었다.

훌륭하지도 못한 하숙 이층 방에서 그믐을 보내고 정초를 맞기가 그다지 서글플 것도 없었다. 달력의 음양을 물을 것 없이 제야(際夜)라는 것이 그다지 특별한 정서를 자아내지 못하게 되었다. 동무를 만나고 책을 읽는 밤이 하필 제야가 아니고 다른 밤이라도 좋은 것이며 가정의 단란과 이웃과의 사귐도 제야가 아니고 그 어느 밤이라도 좋은 것이다. 그러므로 제야를 객지에서 맞고 쓸쓸한 방에서 호올로 책을 읽음이 그다지 서글픈 것은 없다.

다만 남쪽으로 향한 이층 방이 맞은편의 호텔과 비겨 너무도 쓸쓸하고 한산함이 한이라면 한이었을까. 주인 노파가 아무리 공들여 방안에 숯불을 넣어 주고 소제를 해주고 저녁 목욕을 일찍이 권하여 준다 하더라도 얇은 벽과 단짝의 창을 가진 방이 호텔의 방같이 푸근하고 윤채(潤彩) 있을 리는 만무하였다. 이웃방에 사는 식구들이 무엇을 하고 살아가는지도 모르고 아래층 구석방의 해산한 여자의 남편이 누구인지도 모르는 서마서마한 형편의 하숙 공기가 몸에 사무쳐서 따스할 리는 없었다.

만나는 동무도 없고 찾아올 사람도 안 오고 하기에 나는 밤이 늦도록 책을 들었다. 화로에 숯불이 튀고 이불 속에 넣은 더운 물통이 몸을 녹였다. 『이녹 아든(Enoch Arden)』을 읽고 『전원교향악』을 읽었다. 『이녹 아든』—있음직한 이야기요 영원의 주제이면서도 서사시의 번역같이 김빠지고 향기 없는 음식은 없다고 생각하였다. 신기하고 신선한 환영이 종시 눈앞에 솟아오르지는 못한다. 두 번 거듭 읽지 못할 것은 서사시의 번역인 것이다.

『전원교향악』은 향기로운 술이다. 과실을 한 입 한 입 베어 먹을 때의 흥과 긴장으로 한 줄 한 줄을 훑어 내려갔다. 침착한 착상, 완벽의 문장—지드의 소설에는 한 자의 플러스도 할 수 없으며 한 자의 마이너스도 아깝다. 임의의 어떤 구절을 뜯어 보든 그것은 늘 최후의 것이요 최상의 것이다. 흠집 없는 구슬이라고 할까.

제르트뤼드는 뇌샤텔의 음악회에서 베토벤의 교향악을 듣고 드디어 눈 밖 세상의 아름답고 찬란함을 마음속에 황홀히 느끼고 기어코 목사에게 묻는다.

"목사님이 보시는 세상은 정말 그렇게 아름다운가요."

똑바로 대답하기를 피하고 영혼의 아름다움을 말하는 목사의 심중에는 쓰린 것이 있다.

"저는 속이지 않으시겠다고 약속하시겠지요. 자, 그럼 똑바로 말씀해 주세요. —저 고와요?"

제르트뤼드는 여자가 사모하는 사람에게 묻는 마지막 질문을 한 것이다. 여자는 마지막으로 기어코 이것을 물어보아야 되는 것 같다. 가장 중요한 진정의 질문인 것이다.

"그것을 물어서는 무엇하게."

"마음에 걸려요. ……알고 싶어요. ……무엇이라고 말할까요. ……교향악 가운데에서 제 모양이 그다지 어울리지 않지는 않은가가 알고 싶어요. 이런 것 다른 곳에 물을 분이 없으니까 말예요."

"제르트뤼드, 네가 아름다운 것은 번한 일이 아닌가."

목사는 기어코 거기까지 뛰어 주지 않을 수 없었다……

무엇을 가지면 이 아름다운 구절과 바꿀 수 있을까. 별보다도 아름다운 이런 구절구절이 지드의 소설 속에는 도처에 흩어져 있는 것이다. 아깝다! 귀하다! 문학이여. 인류와 함께 길이길이 영화롭고 다행하라.

밤이 깊어감을 모르고 나는 골똘히 이야기 속에 잠겨 들어갔다. 구절구절이 방울방울의 피가 되어 나의 몸을 채워 갔다. 훌륭한 소설 앞에는 한산한 방의 탄식도 서글픈 제야의 감정도 자취 없이 사라지고 다만 있는 것은 유쾌한 신경의 흥분과 마음의 도취뿐이다.

날이 밝고 해가 갈린 후 나는 찻집에 갔을 때마

다 베토벤의 제6심포니를 여러 차례나 들었으나 끝끝내 지드의 소설의 감흥은 당할 수 없었다. 그렇듯 소설에서 받은 흥은 컸다.

제야의 교향악─그것은 음악 아닌 음악 이상의 아름다운 교향악이었다.

─「제야」, 《여성》, 1936. 12.

시를 찾는 마음

부질없이 리얼리즘이니 현실이니 생활이니를 부르짖고 찾는 동안에 현대인은 시를 잊은 지 오래이다. 생활이 없는 곳에 시가 있느냐고 눈을 부릅뜨지만 말고 생활이 주(主)라 하니까 도리어 시를 찾을 수 있고 찾아야 함을 생각하라. 피를 뿌린 싸움의 시 물론 좋으나 가볍고 맑은 한 편의 경물시(景物詩)나 서정시가 족히 마음을 씻어 주는 때가 많다. 나는 요새 산문보다 시를 읽는 날이 많아졌고 시에 실망하고 산문가가 되려고 하는 젊은이에게 시에 정진하기를 권하곤 한다. 무엇을 즐겨 반드시 어려운 시, 기괴한 구(句)를 시험하랴.

다음의 단순한 몇 줄의 시가 도리어 나의 마음을 잡는 것이다. 시를 잊은 현대인이여, 나와 함께 다음 한 조각을 맛보라. 평범한 시라고 비웃으려거든 시를 모르는 그대의 마음을 탄식하고 아예 시독(詩讀)을 단념하라.

그 옛날 날 길러 준 먼 서쪽 나라 내 잘 아는 못가에 백양나무 늘어서 떨리노나……

— 「단평(短評), 직언(直言), 감상(感想), 수감(隨感)」,

《조선문학》, 1937. 6.

〈풍년가〉 보던 날 밤

2월 15일 일요 청(晴)

　종일 집에 눕다. 겨울동안의 태타(怠惰)는 불건강의 탓이니 나는 이것을 깊이 허물하지 않고 한가한 시간에는 반드시 몸의 보온을 도모하기로 하고 있다.

　음력 초하루라 쓸쓸히 지나기도 뭣해 저녁 호텔에서 S와 만찬을 같이 하다. 식탁의 접시가 얼마 전보다 한 가지 줄고 사과잼들도 버석버석한 것이 도무지 범절이 검박(儉朴)하기 짝 없다. 흰 식탁보와 꽃묶음만이 변치 않고 호사스럽다.

　시간이 조금 늦었으나 동보(東寶)에서 조선영화 〈풍년가〉를 보기로 하다. 또 하나의 태작(馱

作), 지금까지의 조선영화가 거개 그러했듯이 한 편의 민속적인 풍속도에 지나지 않는다. 이제는 벌써 영화다운 영화를 만들어도 좋을 때가 아닌가. 왜 그리 상상력이 빈곤하고 구성이 설필까. 영화인들의 일단의 분발을 바라마지 않는다. 김신재(金信哉)의 연기는 개성적이어서 그것으로서 좋은 것이나 좀더 선(線)을 정리했으면 한다. 가령 쓸데없는 몸 시늉이라든지 번거로운 표정 같은 것은 아낌 없이 버리고 가급적 간결한 표현을 가지기를 바란다.

영사의 도중에서 화폭이 끊어지고 관내에 불이 켜지더니 라우드·스피커가 싱가포르 함락의 특별 뉴스를 일러준다. 아나운서의 성도(聲導)로 관중이 만세를 화창(和暢)하다. 거리에 나서니 어딘지 없이 소연(騷然)한 기색이 떠돌며 축하의 장식 등이 벌써 눈에 띈다.

S와 헤어져 바로 집으로 향하다. 찬바람을 쏘인 까닭인지 몸이 좀 거북하다. 밤이 지나면 다시 회

복될 몸이언만.

—「전시 작가일기」, 《대동아》, 1941. 3. 1

작가 이효석 연보
Author's Chronological Chart

〈 아호는 가산可山, 필명으로 아세아亞細兒, 효석曉皙, 문성文星 〉

1907년
1907년 2월 23일 강원도 평창군에서 부친 이시후李始厚와 모친 강홍경康洪卿의 1남3녀 중 장남으로 출생. 전주 이씨 안원대군의 후손인 부친은 한성사범학교 출신으로 교육계 사관仕官으로 봉직하였음. 1905년 회양군 공립소학교 교원에 임용되었으며, 1919년부터 1925년까지 평창군 진부면장과 봉평면장을 역임.

1910년(3세)
서울에서 교편을 잡고 있던 부친을 따라 서울로 이주.

1912년(5세)
가족과 함께 평창으로 다시 내려왔으며, 사숙私塾에서 한학을 수학修學.

1914년(7세)
평창공립보통학교 입학.

1920년(13세)
평창공립보통학교 졸업. 경성제일고등보통학교(현재의 경기고등학교) 입학.

1923년(16세) 시「초설初雪」(《청년靑年》, 1923년 2월)이 처음으로 활자화한 글이 실렸다고 1939년 1월 조광지에 작가가 밝힘. 작품연보에는「흰 눈白雪」으로 기제 됨.

1925년(18세) 경성제일고등보통학교 졸업(제21회). 경성제국대학(현재의 서울대학교) 예과 입학. 예과 조선인 학생회 기관지인《문우文友》간행에 참가.《매일신보每日申報》신춘문예에 시「봄」입선. 유진오兪鎭午, 이희승李熙昇, 이재학李在鶴 등과 사귀며《문우》와 예과 학생지인《청량淸凉》에 콩트「여인旅人」발표.

1926년(19세) 「겨울시장」,「거머리 같은 마음」등 수 편의 시를 예과 학생지《청량淸凉》에 발표. 콩트「가로街路의 요술사妖術師」,「노인의 죽음」,「달의 파란 웃음」,「홍소哄笑」등을《매일신보》에 발표.

1927년(20세) 예과 수료 후 경성제대京城帝大 법문학부 영어영문학과 편입. 시「님이여 들로」,「빨간 꽃」,「6월의 아침」, 단편「주리면…어떤 생활의 단편-」, 제럴드 워코니시(Gerald Warre-Cornish)의「밀항자」번역판을《현대평론》에 발표.

1928년(21세) 경성제대 재학 중 단편「도시都市와 유령幽靈」을《조선지광朝鮮之光》에 발표하며 문단의 주목을 받기 시작, 유진오와 함께 동반자작가同伴者作家로 불리게 되었으나 KAPF에 적극적으로 참여하지는 않았음.

1929년(22세) 단편 「기우奇遇」를 《조선지광朝鮮之光》에, 「행진곡行進曲」을 《조선문예朝鮮文藝》에 발표, 시나리오 「화륜火輪」을 《중외일보中外日報》에 발표.

1930년(23세) 경성제국대학 영어영문학과 졸업. 졸업논문은 「The Plays of John Millington Synge, 1871~1909」. 단편 「마작철학麻雀哲學」, 「깨뜨러지는 홍등紅燈」, 「북국사신北國私信」, 「상륙上陸」, 「추억追憶」 발표. 이효석李孝石, 안석영安夕影, 서광제徐光齊, 김유영金幽影 등은 '조선씨나리오·라이터협회'를 결성하여 (5. 26) 연작連作시나리오 「화륜」을 바탕으로 침체의 늪에 빠진 조선 영화계에 활력을 줌.

1931년(24세) 시나리오 「출범시대出帆時代」를 《동아일보東亞日報》에 발표. 단편 「노령근해露領近海」를 《대중공론大衆公論》 6월호에 발표하고, 같은 달 최초 창작집 『노령근해』를 동지사同志社에서 발간. 이 단편집에서 자신의 프롤레타리아 문인적 성향을 보임. 함경북도 경성鏡城 출신의 미술작가 지망생 이경원李敬媛과 결혼.

1932년(25세) 장녀 나미奈美 출생. 부인의 고향인 함북 경성鏡城으로 이주, 경성농업학교鏡城農業學校에 영어 교사로 취직. 「오리온과 능금林檎」

을 《삼천리》에 발표. 이 무렵 이효석은 순수한 자연을 배경으로 한 서정적 경향을 보이기 시작.

1933년(26세) 순수문학을 표방하는 문학동인회 구인회九人會를 함께 창립함. 창립회원은 김기림金起林, 김유영金幽影, 유치진柳致眞, 이무영李無影, 이종명李鍾鳴, 이태준李泰俊, 이효석李孝石, 정지용鄭芝溶, 조용만趙容萬임. 「약령기弱齡記」, 「돈豚」, 「수탉」, 「가을의 서정抒情」(후에 「독백獨白」으로 개제), 「주리야」, 「10월에 피는 능금꽃」 발표.

1934년(27세) 「일기日記」, 「수난受難」 발표.

1935년(28세) 차녀 유미瑠美 출생. 「계절季節」, 「성수부聖樹賦」 발표. 중편 「성화聖畵」를 《조선일보》에 연재.

1936년(29세) 평양 숭실전문학교(현재의 숭실대학교) 교수로 부임. 평양시 창전리 48 '푸른집'으로 이사. 대표작 「메밀꽃 필 무렵」을 비롯하여 「산」, 「들」, 「고사리」, 「분녀粉女」, 「석류柘榴」, 「인간산문」, 「사냥」, 「천사와 산문시」 등을 발표하며 대표적인 단편소설 작가로서 입지를 굳힘.

1937년(30세) 장남 우현禹鉉 출생. 「개살구」, 「거리의 목가牧歌」, 「성찬聖餐」, 「낙엽기」, 「삽화揷話」, 「인물 있는 가을 풍경風景」, 「주을의 지협」 등을 발표.

1938년(31세) 숭실전문학교 폐교에 따라 교수직 퇴임. 「장미薔薇 병病들다」, 「해바라기」, 「가을과 산양山羊」, 「막幕」, 「공상구락부空想俱樂部」, 「부록附錄」, 「낙엽을 태우면서」 등을 발표.

1939년(32세) 평양 대동공업전문학교 교수 취임. 차남 영주煐周 출생. 장편 『화분花粉』을 인문사人文社에서, 단편집 『해바라기』를 학예사에서, 『성화聖畵』를 삼문사에서 발간. 「여수旅愁」를 《동아일보》에 연재.

1940년(33세) 부인 이경원과 사별(1940. 2. 22). 3개월 된 영주를 잃음. 장편소설 『창공蒼空』을 총 148회에 걸쳐 《매일신보》에 연재連載. 1941년 단행본으로 간행될 때에는 『벽공무한碧空無限』으로 개제改題. 「은은한 빛」, 「녹색의 탑」 등을 일본어로 발표.

1941년(34세) 『이효석단편선』과 장편소설 『벽공무한』을 박문서관博文書館에서 출간. 「산협山峽」, 「라오콘Laocoôn의 후예後裔」, 「봄 의상衣裳(일본어)」, 「엉겅퀴의 장(일본어)」 등 발표. 부인과 차남을 잃은 슬픔과 외로움을 달래며 중국, 만주 하얼빈 등지를 여행.

1942년(35세) 5월 초 결핵성 뇌막염으로 진단을 받고 평양도립병원에 입원 가료. 언어불능과 의식불명의 절망적인 상태로 병원에서 퇴원 후, 5월

25일 오전 7시경 자택에서 35세를 일기로 생을 마감. 임종은 부친과 친구 유진오 그리고 지인 왕수복이 함께 지켰음. 유해는 평창군 진부면에 부인 이경원과 합장됨.

1943년   유고 단편 「만보萬甫」를 《춘추春秋》에 게재. 단편선집 『황제皇帝』가 박문서관에서 간행됨. 「향수」, 「산정山精」, 「여수」, 「역사」, 「황제」, 「일표一票의 공능功能」이 함께 수록되어 발간됨. 5월 25일 서울 소재 부민관에서 가산可山의 1주기 추도식 열림.

1945년   이효석의 부친 이시후李始厚 별세(1882~1945).

1959년   장남 우현禹鉉에 의해 편집된 『효석전집孝石全集』 전 5권 춘조사春潮社에서 발간.

1962년   이효석의 모친 강홍경康洪卿 별세(1889~1962).

1971년   차녀 유미瑠美에 의해 『이효석전집』 전 5권 성음사省音社에서 재발간.

1973년   강원도 영동고속도로 건설로 진부면 논골에 합장되었던 가산可山 부부 유해를 평창군 용평면 장평리로 이장함.

1980년   강원도민의 후원으로 영동고속도로변 태기산 자락에 가산 이효석 문학비 건립.

1982년	10월에 열린 문화의 날을 맞아 대한민국 금관문화훈장이 추서됨.
1983년	장녀 나미奈美에 의해 『이효석전집』 전 8권 창미사創美社에서 발간.
1998년	영동고속도로 확장개발공사로 묘소가 경기도 파주시에 소재한 동화경모공원으로 이장됨.
1999년	강원도 평창군 주최로 봉평에서 지역민과 함께 하는 효석문화제 창시.
2000년	「메밀꽃 필 무렵」의 산실인 평창군 봉평에서 지역 주민을 중심으로 한 가산문학선양회와 평창군의 주관으로 "문학의 즐거움을 국민과 함께"라는 염원을 담은 효석문화제가 활성화됨. 이효석문학상 제정. 정부의 재정지원으로 이효석 문학기념관 건립 추진.
2002년	이효석문학관 건립.
2011년	제목 미상 「미완未完의 유고遺稿-미발표 일본어 소설」 장순하張諄河 번역. 2011년 9월에 발행된 《현대문학》(통권 제681권 220~224페이지)에 발표.
2012년	재단법인 이효석문학재단李孝石文學財團 설립.
2016년	이효석문학재단 주관 하에 텍스트 비평을 거

친 정본定本『이효석 전집』전 6권 서울대학교출판문화원에서 발간.

2017년   2월 23일 가산 이효석 탄신 110주년 기념식 및 정본 전집 출판기념회 개최.

2021년 11월 19일 가산 이효석 선생 유택, 평창군 봉평의 달빛언덕 위로 옮겨 안장.

작가 이효석 대표 산문집

낙엽을 태우면서

초판 1쇄 인쇄 | 2024년 6월 24일
초판 1쇄 발행 | 2024년 6월 28일

지은이 | 이효석
편저자 | 방민호

펴낸곳 | 예옥
펴낸이 | 방준식
등록번호 | 제2021-000021호
주소 | 서울시 은평구 불광로 122-10, 3403동 1102호
전화 | 02) 325-4805
팩스 | 02) 325-4806
이메일 yeokpub@hanmail.net

ISBN 978-89-93241-85-3 (03810)